KB072123

바람의 마스터 4

임영기 장편 소설

초판 1쇄 찍은 날 § 2015년 11월 17일
초판 1쇄 펴낸 날 § 2015년 11월 24일

지은이 § 임영기
펴낸이 § 서경석

편집책임 § 박가연

펴낸곳 § 도서출판 청어람
등록번호 § 제387-1999-000006호
등록일자 § 1999. 5. 31
어람번호 § 제1-2290호

주소 § 경기도 부천시 원미구 부일로 483번길 40 서경B/D 3F (우) 14640
전화 § 032-656-4452 팩스 § 032-656-4453
http://www.chungeoram.com
E-mail § chungeorambook@daum.net

ISBN 979-11-04-90519-3 04810
ISBN 979-11-04-90417-2 (세트)

4

임영기 장편 소설

바람의 마스터

Wind Master

도서출판 청어람

바람의
마스터

Wind Master

CONTENTS

제19장
목표 설정

베이징세계육상선수권대회에서 대한민국은 금메달 3, 은메달 1, 동메달 1로 종합 4위를 했다.

태수가 마라톤과 5,000m에서, 신나라가 10,000m에서 각각 금메달을 땄으며, 또한 태수가 10,000m에서 은메달을, 신나라가 5,000m에서 동메달을 추가했다.

신나라는 마라톤에서 아깝게 메달권에는 들지 못했으나 2시간 27분 45초로 종전에 북해도마라톤에서 기록한 2시간 29분 17초를 1분 32초 단축하고 7위에 올랐다.

중국은 이번 대회의 개최국으로서 금메달 하나를 목표로

삼았지만 뜻을 이루지 못하고 여자 10,000m에서 등펑이 동메달을 딴 것으로 만족해야만 했다.

동양인으로는 최초로 미국 오리건주 유진에서 열린 국제육상경기 다이아몬드리그 단거리 100m 결승에서 9.99초로 3위를 하여 10초의 벽을 깬 중국의 슈빙텐이 13억 중국인의 기대를 한 몸에 받았었으나 이번 대회에서는 메달권에 들지 못하여 큰 실망을 안겨주었다.

일본은 난다 긴다 하는 쟁쟁한 선수들을 대거 출전시켰지만 노메달에 그쳤다.

아시아에서는 중동의 쿠웨이트와 바레인이 각각 은메달과 동메달을 하나씩 땄다.

그것도 자국 출신이 아니라 아프리카 선수들을 거액을 주고 귀화시켜서 얻어낸 결과다.

1위 미국, 2위 러시아, 3위 독일에 이어서 대한민국이 4위를 함으로써 바야흐로 육상 신흥 강국의 반열에 올랐다.

아무튼 대한민국은 건국 이래 세계육상선수권대회에서 동메달조차 따본 적이 없었는데, 이번 대회에서 태수와 신나라 타라스포츠 남매가 합작하여 초대박을 터뜨린 것이다.

대한민국 대표단은 귀국한 다음 날 전원 청와대에 초청되어 대통령과 오찬을 나누었다.

대통령은 식사와 티타임 내내 태수와 신나라를 자신의 좌우에 앉히고 담소를 나누면서 베이징에서의 선전을 높이 치하했다.

베이징에서 귀국하고 이틀 후 태수와 신나라, 손주열은 타라스포츠와 재계약을 맺었다.

3명 모두 계약 기간이 10개월이나 남아 있는 상태지만 타라스포츠에서 재계약을 하자고 먼저 제안했다.

태수하고 재계약을 해야만 한다는 의견은 타라스포츠의 모체인 T&L그룹 이사진에서 먼저 나왔다.

타라스포츠로서는 회사의 매출이 수직 상승하면서 즐거운 비명을 지르는 한편 매출 기여도의 70% 이상을 태수에게 의존하고 있다는 심각한 현실에 직면해야만 했다.

그 말은 타라스포츠와의 계약 기간이 1년인 태수가 앞으로 10개월 후에 계약 기간이 만료하여 소속사를 바꾼다면, 타라스포츠로서는 심각한 타격, 어쩌면 파산에 이를지도 모르는 국면에 처하게 될지도 모른다는 뜻이다.

그렇기 때문에 T&L그룹으로서는 미리 손을 써서 타라스포츠가 안정 궤도에 올라서고 또한 태수에 대한 의존도를 낮출 때까지 파격적인 조건으로 그를 붙잡아둘 필요가 있다.

무엇보다도 타라스포츠가 상장회사가 되기 위해서 '회사설립경과연수 3년 이상'을 충족시킬 때까지는 무슨 일이 있어도 태수를 붙잡아둬야만 한다.

태수의 개인 매니저인 윤미소는 재계약을 할 때 제시할 내용을 며칠 밤을 새워가면서 작성했지만 재계약 당일 날 휴지통으로 직행했다.

타라스포츠에서 제시한 금액과 조건들이 윤미소가 작성한 것보다 월등하게 좋았기 때문이다.

타라스포츠에서 태수와의 재계약으로 계약 기간은 3년으로 연장했으며, 마라톤 선수와 CF광고모델 계약금을 하나로 묶어서 600억 원, 연봉 120억 원. 그밖에 몇 개의 굵직한 성과급 등 좋은 조건들이 포함되었다.

2개월 전에 태수가 타라스포츠와 1차 계약을 맺었을 때에는 마라톤 선수 계약금 6억 원과 CF 광고모델 계약금 6억 원, 연봉 3억 원이었다.

그것도 혜원의 고모 수현이 말도 안 되는 조건으로 계약서를 작성하여 밀어붙인 결과였다.

그런데 불과 두어 달 만에 태수의 계약금이 50배, 연봉은 40배로 급등했다.

또한 태수는 타라스포츠와의 1차 계약에 의하여 이번 베이징세계육상선수권대회에서 금메달 2개 20억 원, 은메달 1개 5억 원, 세계기록 경신 100억 원, 출전 종목 3개에 3억을 합쳐서 128억 원의 포상금을 받기로 돼 있었는데 타라스포츠에서는 일괄 150억 원을 지급했다.

윤미소로서는 최대한 리미트까지 받아내려고 머리를 싸매고 재계약서 초안을 작성했으나 결과적으로 타라스포츠의 파격 제안을 밑도는 금액이었다.

지금까지 태수가 모아놓은 돈이 109억 원이었으며, 이번에 받은 포상금과 세금을 공제한 계약금을 합쳐서 무려 800억 원이라는 엄청난 돈이 축적됐다.

더구나 태수의 한 달 월급이 10억 원이므로 그는 아예 움직이는 하나의 기업이나 다름이 없게 되었다.

베이징세계육상선수권대회에서 뜻밖에 금메달과 동메달을 하나씩 딴 신나라는 육상선수와 CF모델 계약금 50억 원, 연봉 3억 원에 3년 재계약을 했으며, 이번 대회의 성과급과 포상금 도합 12억 원이라는 거액을 챙겼다.

그리고 메달을 따진 못했지만 마라톤에서 좋은 성적을 거둔 손주열은 계약금 3억 원에 연봉 1억 5천의 좋은 조건으로 재계약을 했다.

*   *   *

탁탁탁탁…….

"후우… 하아… 후우… 하아……."

태수와 신나라는 다시 일상으로 돌아왔다. 두 사람은 새벽 5시에 기상하여 수영강 조깅코스 왕복 20㎞를 LSD로 1시간 30분에 뛰고 요트장을 지나고 있다.

팬츠에 싱글렛 차림에 이어폰을 귀에 꽂은 두 사람은 머리에서 발끝까지 땀범벅인 상태로 숙소인 T&L스카이타워를 그냥 지나쳐서 마린시티 해변로를 달렸다.

몸에 착 붙는 검은색 트레이닝복을 입은 여자가 로드 바이크를 타고 태수와 신나라를 뒤따르고 있다.

모자를 눌러쓰고 갈색의 선글라스를 꼈으며 작은 배낭을 멘 그녀는 윤미소가 고용한 경호원이다.

고승연이라는 이름의 그녀는 올해 26세이며 한국체육대학 출신으로 태권도 국가대표를 거쳐서 여군특공대를 나온 무술인으로 태권도, 유도, 합기도, 검도 등 도합 16단이라고 한다.

태수가 고승연의 실력을 직접 눈으로 보지는 않았지만 윤미소가 충분히 검증했다는 것이다. 깐깐한 윤미소의 일처리니까 믿을 수 있는 실력일 터이다.

태수와 신나라가 해운대 백사장 웨스턴조선호텔 옆에 도착하니 늦여름 끝물 아침이라서인지 한산했다.

태수가 상의 싱글렛을 벗으니까 근사한 몸매가 드러났으며 신나라도 싱글렛을 벗으니 스포츠브라를 한 멋진 복근의 상체가 나타났다.

신나라는 아담하고 가녀린 듯하면서도 근육이 잘 발달된 몸매를 지녔다.

고승연이 로드 바이크를 세우고 배낭에서 물안경 2개와 오리발 2개를 꺼내 태수와 신나라에게 주었다.

두 사람은 벗은 싱글렛을 고승연에게 주고 곧장 백사장을 가로질러 달려서 바닷물에 이르자 오리발을 신고 물로 뛰어들어 수영을 시작했다.

새벽에 총 22㎞를 뛰고 와서 다시 수영을 한다는 것은 보통 사람들이라면 엄두도 못 낼 일이다.

부산 사직체육관 수영장에서 체계적으로 수영을 배운 태수의 수영 실력은 말할 것도 없고, 신나라도 어렸을 때부터 수영을 배워서 자기 말로는 물개나 다름이 없다고 했다.

태수와 신나라는 자유형으로 바다를 향해 나란히 쭉쭉 헤엄쳐 나갔다.

삐이익! 삐익!

그때 저 멀리에 있던 119수상구조대원 한 명이 호루라기를 불면서 달려왔다.

"안전선 밖으로 나가면 안 됩니다!"

구조대원은 바다에 쳐놓은 안전선 너머로 헤엄쳐서 나가고 있는 태수와 신나라를 가리키면서 소리쳤다.

고승연이 손을 뻗어 구조대원을 제지했다.

"저들이 누구라고 생각합니까?"

고승연의 고저 없는 사무적이고 다소 고압적인 말투에 구조대원은 약간 주눅이 든 표정이 됐다.

"누… 굽니까?"

"한태수 선수와 신나라 선수입니다."

구조대원의 얼굴 가득 놀라움이 떠올랐다.

"아아… 국민영웅 윈드 마스터… 원더걸이었군요?"

"그렇습니다. 지금 훈련 중이니까 방해하지 마십시오."

척!

"수고하십시오."

구조대원은 고승연에게 경례를 붙이고 왔던 길로 달려갔다.

태수와 신나라는 백사장에서 직선거리로 200m까지 바다로 헤엄쳐서 나갔다가 방향을 왼쪽으로 꺾어 해안을 따라 북쪽으로 향했다.

이어서 해안선 끝 유람선 선착장에서 유턴하여 다시 출발했던 웨스턴조선호텔로 돌아왔다.

오리발을 낀 두 사람의 수영 실력은 두 마리 물개나 다름이 없었다.

태수가 컴퓨터로 지도를 보고 거리를 쟀을 때 웨스턴조선호텔에서 유람선 선착장까지 1.6km였으니까 한 번 왕복하면

3.2km다.

오리발을 착용하면 맨발이었을 때보다 속도가 2.5배 정도 빨라진다.

수영선수들이 다리를 강화하는 훈련을 할 때는 주로 오리발을 착용한다.

오리발은 아래로 꾹꾹 눌러주기 때문에 허벅지운동에 효과 만점이고 장시간 수영을 하면 폐활량이나 폐 용량이 놀랄 만큼 좋아진다.

더구나 바다 수영은 파도 때문에 수영장에서의 수영보다 배 이상 힘들어서 훈련으로는 제격이다.

아마도 육상선수가 바다에서 훈련을 하는 건 태수와 신나라뿐일 것이다.

태수와 신나라는 유람선 선착장까지 한 번 더 갔다가 웨스턴조선호텔로 돌아왔다.

"집까지 수영해서 갈까?"

"하아아… 하아아… 네! 선배님!"

태수가 잠시 속도를 줄이고 뒤돌아보며 물으니까 10m쯤 뒤처진 신나라가 힘차게 대답했다.

태수가 무엇을 하자고 하면 신나라는 한 번도 못한다거나 싫다고 말한 적이 없다.

태수는 고승연이 기다리고 있는 백사장으로 향하지 않고

웨스턴조선호텔 갯바위를 따라서 동백섬 끄트머리를 돌아 마린시티로 헤엄쳐 갔다.

유람선 선착장까지 2번 왕복 6.4㎞ 이후에 마린시티 T&L스카이타워까지 2.3㎞이니까 도합 8.7㎞를 헤엄치는 거다.

한화리조트 앞에 이르러서 태수는 뒤돌아보며 신나라를 다독였다.

"헉헉헉… 나라야, 이제 500m 남았다!"

그런데 뒤돌아보던 태수는 30m쯤 뒤처진 신나라가 하늘을 보고 누운 자세로 오리발 신은 발만 천천히 흔들면서 따라오는 것을 보았다. 누워서 배영 자세로 발만 흔드는 것은 물에서 휴식을 취할 때다.

"힘드냐?"

"학학학학… 조금요, 선배님……!"

태수도 많이 힘든데 신나라는 더 지쳤을 것이다. 태수 혼자라면 몰라도 신나라까지 수영훈련에 데려와서 첫날부터 너무 심하게 돌렸다.

신나라는 여간해서는 힘들다는 말을 하지 않는데 조금 힘들다는 것은 매우 지쳤다는 뜻이다.

그녀가 배영으로 누워서 오리발 신은 발만 까딱거리는 걸 보면 알 수 있다.

촤아아… 촤아…….

태수는 신나라에게 헤엄쳐 갔다.

"업혀라."

"네?"

신나라는 깜짝 놀랐으나 곧 못 이기는 체 태수의 등에 매달려 두 팔로 그의 목을 부드럽게 감았다.

쏴아아… 쏴아아…….

태수는 신나라를 업은 상태에서 거기서부터는 평영으로 천천히 유영했다.

신나라는 어린아이마냥 태수에게 업혀서 얼굴 가득 행복한 표정을 지었다.

"고마워요, 선배님."

"헉헉헉… 뭐가?"

"선배님 덕분에 큰돈을 벌었어요."

태수는 부지런히 손발을 움직이면서 조금 의아한 생각이 들었다. 신나라가 '큰돈을 벌었다'고 말했기 때문이다.

태수는 신나라가 부족함이 없는 집안에서 성장한 것으로 아는데 그런 말을 하니까 이상한 생각이 들었다.

태수는 저녁 식사를 하러 이른바 태수 군단을 이끌고 집 근처의 고깃집으로 갔다.

태수와 신나라, 윤미소, 손주열은 한 칸의 방에 자리를 잡고 앉았으며, 경호원 고승연은 밖에서 경호를 섰다.

"그 사람 들어오라고 그래."

소고기를 굽기 시작할 때 태수가 윤미소에게 고승연을 들어오게 하라고 시켰다.

"아까 물어봤는데 자긴 나중에 따로 먹겠대."

"내가 여기에 있는데 바깥을 지키면 뭐해? 지금 당장 나한테 무슨 일 생기면 어떻게 할 거냐고 물어봐라."

윤미소가 밖으로 나가더니 잠시 후에 고승연을 데리고 들어왔다.

"여기에서 먹으면서 날 지켜요. 그게 좀 더 효율적이지 않습니까?"

고승연은 우두커니 서서 물끄러미 태수를 굽어보더니 상 모서리에 앉았다.

그녀는 매우 과묵할 뿐만 아니라 어떤 행동을 취해도 일체 소리가 나지 않았다.

입에 넣으면 씹기도 전에 살살 녹는 꽃등심을 다들 배가 터지도록 먹었다.

사람은 5명인데 20인분이나 먹었다. 모두 운동을 하는 사람들이라서 먹성이 대단했다.

태수는 젓가락을 내려놓으며 신나라에게 물었다.

"나라, 너 돈 받아서 뭐했니?"

아까 신나라가 '큰돈을 벌었다'라고 말해서 묻는 것이다.

신나라는 생글생글 웃었다.

"부모님 드렸어요."

태수는 신나라가 그랬을 것이라고 짐작했었다.

"아빠가 그 돈으로 빌딩 산대요."

"빌딩?"

"3층 건물이래."

신나라의 계약금과 포상금을 받아서 일본 오사카로 송금시켜 준 윤미소가 정정해 주었다.

"네. 3층 빌딩이에요."

신나라는 태수가 물어봐 주기를 기다렸다는 듯이 신이 나서 종알거렸다.

우리나라에서는 '빌딩'이 매우 큰 고층 건물의 의미라는 걸 모르는 신나라는 자꾸 빌딩이라고 말했다.

신나라는 고기 기름으로 반지르르한 입술을 혀로 훑으면서 나풀거렸다.

"아빠하고 엄마 오사카 한인시장에서 월세로 생선가게 오랫동안 하시면서 우리 남매들 다 키웠어요. 지금 사는 집도 월세인데 큰오빠 작은오빠가 열심히 벌지만 형편이 좋아지지 않았어요."

신나라는 웃으면서 신나게 설명하는데 두 눈에는 눈물이 가득 고였다.

"한인시장 안에 새로 지은 제법 큰 3층 빌딩을 사서 1층에는 엄마 아빠가 생선가게 크게 하고 그 옆에는 작은오빠가 라멘가게를 할 거예요. 돈가스하고 오므라이스도 팔고, 그리고 2층은 조그만 사업을 하는 큰오빠가 사무실로 쓰고… 또 3층은 살림집으로 쓰는데 방이 5개나 되고 욕실이 2개예요. 아아… 정말 꿈만 같아요……. 제가 부모님께 그런 엄청난 걸 해드렸다니……."

"잘했다. 정말 잘했다."

태수는 자기가 처음 계약금을 받아서 그 돈으로 어머니께 영양 읍내의 3층 건물을 사드렸던 게 생각나서 옆에 앉은 신나라의 머리를 자꾸만 쓰다듬었다.

신나라는 구슬 같은 눈물을 방울방울 흘리면서 태수를 바라보며 환하게 미소 지었다.

"선배님, 저 잘했죠? 헤헤……."

"잘했고말고. 나라 너는 딸로서도 원더걸이다."

"목표를 정했다."

태수는 찬 맥주를 주문해서 모두에게 한 잔씩 따라준 후에 진지한 얼굴로 말문을 열었다.

모두들 덩달아 긴장한 표정을 지으며 태수를 주시했다.

태수는 자기 앞에 놓인 맥주잔을 만지작거렸다.

"마라톤 세계기록 경신, 10,000m 세계기록 경신이다. 그게 내 목표다."

고승연을 제외한 윤미소와 신나라, 손주열은 크게 놀라는 표정을 지을 뿐 한동안 아무 말도 하지 않았다.

한참 만에 윤미소가 무겁게 입을 열었다.

"태수 너 이번 베이징대회 마라톤에서 2시간 6분대였잖아."

태수는 묵묵히 고개를 끄떡였다.

"마라톤 2시간 6분대 선수가 전 세계에 몇 명이나 되는 줄 아니?"

"몇 십 명은 되겠지."

"약 80명이래."

윤미소가 거의 정확하게 말하자 태수와 신나라, 손주열은 놀라며 '그렇게 많아?' 하는 표정을 지었다.

"내 밥줄이 걸린 일이라서 나도 공부 많이 했어. 마라톤 기록은 피라미드 같아. 위로 올라갈수록 점점 적어져. 2시간 5분대는 30여 명, 4분대는 10명 남짓, 3분대는 2명, 그리고 2분대가 1명이야. 그 사람이 바로 케냐의 데니스 키메토야. 전 세계에 단 1명뿐인 2시간 2분 57초의 기록 보유자."

윤미소는 젓가락으로 자기 앞에 놓인 맥주잔을 휘젓고 나서 태수를 쳐다보았다.

"그래도 할 거야?"

"그래."

태수는 1초의 망설임도 없이 즉답했다.

윤미소는 선선이 고개를 끄떡였다.

"그걸 알고서도 한다면 태수 넌 해낼 거야."

신나라와 손주열이 합창하듯 밝은 목소리로 힘을 보탰다.

"선배님이 하신다고 결심하면 반드시 이룰 거예요!"

"다른 사람은 못 믿어도 태수 넌 무조건 믿는다!"

윤미소가 다시 물었다.

"그게 태수 너의 최종 목표야?"

"아니, 현재 목표다."

"현재 목표? 그걸 이루면 그다음엔?"

태수는 고개를 가로저었다.

"아직 모르지만 현재 목표를 달성하고 나면 다음 목표가 정해지겠지."

윤미소는 고개를 끄떡였다.

"목표가 뚜렷하다는 건 좋은 일이야."

윤미소와 신나라, 손주열까지 태수를 위해서 뭐라고 한마디씩 하는 분위기인데 고승연은 멀뚱거리면서 다른 데만 쳐다보고 있다.

"고 팀장도 한마디 해요."

윤미소가 한마디 하니까 고승연은 사람들을 한 차례 둘러보고 나서 태수에게 뚝뚝하게 말했다.

"집에 언제 갑니까?"

태수가 첫 번째로 나갈 대회는 세계6대메이저마라톤대회의 하나이며 기록의 산실인 베를린마라톤대회다.

오늘이 9월 3일. 베를린마라톤대회가 9월 27일에 열리니까 24일이 남았다.

타라스포츠 소속 육상선수들은 베이징세계선수권대회가 끝난 후 보름 동안 장기 휴가를 받았다.

태수는 태수 군단 윤미소와 신나라, 손주열에게 사흘 동안 개인 휴가를 주었다.

태수가 마라톤과 10,000m 세계기록을 경신하겠다고 목표를 선언한 후에 신나라와 손주열도 각자의 목표를 정했다.

신나라는 베를린마라톤 3위 안에 드는 것이고, 손주열도 베를린마라톤에서 현재 자신의 기록 2시간 9분 32초를 최대한 2분 정도 앞당기겠다는 각오다.

그래서 태수를 비롯한 태수 군단 3명은 휴가를 사흘만 보내고 나서 가일층 빡센 강훈련을 하기로 결정했다.

태수는 마라톤과 10,000m 세계기록을 경신하는 것 외에 한 가지 개인적인 목표를 더 정했다.

혜원과의 관계를 지금보다 조금 더 발전시키는 것이다.

마라톤을 하든 무엇을 하든 혜원의 집에서 태수를 반대하고 있다는 생각이 불쑥불쑥 들 때면 맥이 풀린다. 그 일은 마치 목에 커다랗고 날카로운 가시가 걸린 것처럼 태수를 괴롭히고 있다.

그렇다고 해서 이대로 가만히 있으면 상황이 저절로 좋아질 리가 없다.

태수가 점점 더 유명해져서 대한민국, 아니, 세계적인 월드스타가 된다고 해도 봉건적인 사상으로 똘똘 뭉친 혜원의 아버지 고정관념에 작은 흠집이라도 낼 수 있다고 생각하는 건 큰 착각이다.

태수는 혜원 아버지 남용권 씨를 너무 잘 알고 있다. 고집이 황소처럼 세고 완고하며 엄격하기 짝이 없는 성격이다. 이런 사람은 스스로에게는 자비로운 편인데 남용권 씨는 자기 자신에게는 더 엄격한 사람이다.

우웅―

T&L스카이타워 주차장에서 새카만 블랙의 벤틀리 플라잉스퍼 한 대가 솟구치듯이 튀어나왔다.

가격 2억 5천만 원이나 하는 벤틀리 플라잉스퍼는 타라스포츠에서 태수에게 선물해 준 차다.

태수 개인적으로는 BMW X6 M50D를 더 좋아하지만 어른을 뵈러 가는 길이니까 아무래도 승용차가 좋다.

현재 태수의 재력으로는 세계에서 가장 비싼 차인 부가티 베이론이나 마이바흐, 롤스로이스 팬텀, 람보르기니 세스토엘레멘토 등을 살 수도 있지만 그런 차들은 별로 좋아하지 않는다.

태수는 해운대해변로를 타기 위해서 마린시티로 끝자락을 달리다가 문득 룸미러로 뒤따르고 있는 차를 보게 되었다.

조금 전 T&L스카이타워 주차장을 나올 때도 따라 나온 구형 흰색 아반떼인데 우연히 같은 방향으로 가고 있다.

그런데 해운대해변로로 진입하기 위하여 잠시 신호 대기를 하면서 다시 룸미러를 보니까 뒤차 구형 아반떼 운전석에 앉아 있는 사람의 포스가 낯익었다.

저런 음산한 포스를 풍기는 사람은 세상에 딱 한 명 경호원 고승연이다.

아마도 태수가 외출을 하니까 따라오는 모양인데 영양까지 경호원을 데리고 가는 건 곤란하다.

태수가 일단 해운대해변로로 진입한 다음 길 가장자리에 차를 세우자 고승연의 아반떼도 뒤에 정차했다.

탁!

태수가 차에서 내려 아반떼로 걸어가는데도 고승연은 운전석에서 꼼짝도 하지 않았다.

태수가 운전석으로 다가가니까 창이 열렸다.

끼기기…….

워낙 연식이 오래된 차라서 창문 내리는 소리가 분필을 세워서 칠판에 그어 내리는 것처럼 날카롭게 듣기 싫었다.

"혼자 갈 테니까 따라오지 마요."

"안 됩니다."

태수는 미간을 좁혔다.

"나 혼자 가야 되는 곳입니다."

고승연은 한 걸음도 물러서지 않았다.

"사고는 때와 장소를 가리지 않습니다."

"정말……."

태수는 조금 짜증이 났다.

"내 몸 하나 정도는 스스로 지킬 수 있습니다."

"떡대 10명이 한꺼번에 덤벼도 지킬 수 있습니까?"

태수는 말문이 막혔으나 곧 항변했다.

"고 팀장은 가능해요?"

"가능합니다."

태수는 진짜 말문이 막혔다.

태수는 어쩔 수 없이 조수석에 고승연을 태우고 출발했다.

하지만 채 1km도 가지 못하고 다시 멈췄다. 센텀시티 방면 인도로 걸어가고 있는 사람이 그가 알고 있는 어떤 사람 같아서 그 사람의 앞쪽 길가에 차를 세우고 내려서 달려갔다.

"형님!"

청바지에 반팔 영문 티셔츠를 입고 갈색 선글라스를 낀 캐주얼한 모습의 중년인은 반가운 얼굴로 길을 막는 태수를 금방 알아보지 못하는 것 같았다.

하긴 태수는 예전에 비해서 머리를 짧게 깎았고 얼굴을 감추려고 짙은 선글라스에 모자까지 쓰고 있으니까 그럴 법도 하다.

태수는 급히 모자와 선글라스를 한꺼번에 벗었다.

"저 모르시겠습니까?"

"오… 태수 아닌가!"

중년인 조영기는 크게 반가워하면서 태수의 두 손을 덥석 잡았다.

"부산에는 웬일이십니까?"

그는 안동에 사는 조영기였다. 아무것도 모르는 상태인 태수가 최초의 마라톤대회에 참가했을 때 두 팔을 노 젓는 것처럼 흔들라고 충고했으며 이후 태수가 안동 낙동강변에서 새벽 훈련을 할 때에도 충고를 아끼지 않았던 바로 그 조영기였다.

태수는 자신을 마라톤의 세계로 이끌어준 박형준을 작은형님, 그리고 마라톤에 대해서 코치를 아끼지 않는 조영기를 큰형님으로 여기고 있다.

"야아! 태수 너……."

조영기는 반가움과 감격이 가시지 않는 듯 태수의 양어깨를 잡더니 뜨겁게 포옹을 했다.

"너 잘 보고 있다. 얼마나 자랑스러운지……."

조영기는 말을 잇지 못할 만큼 감격했다.

벤틀리 플라잉스퍼에 승객이 한 사람 더 늘었다. 부산에 볼일을 보러 왔다가 안동으로 돌아가려던 길에 태수를 만난 조영기가 태수와 합승을 했다.

"아파트를 계약했어."

고승연이 운전을 하고 태수와 조영기는 뒷자리에 나란히 앉았다.

"부산에 말입니까?"

"그래. 민락동 롯데캐슬자이언트야. 내가 워낙 강이나 바다 같은 물을 좋아하는데다 요트라면 사족을 못 써서……."

태수는 깜짝 놀라서 뒤 창문으로 수영상 하류 쪽을 쳐나보며 말했다.

"롯데캐슬자이언트라면 센텀푸르지오 아래쪽 요트장 건너편에 있는 아파트 말씀입니까?"

"그래. 조금 전에 주인 만나서 계약했어."

태수는 수영강 조깅코스를 자주 달리면서 km를 측정하다 보니까 주변의 아파트나 건물에 대해서 자연히 알게 됐다.

조영기가 계약을 했다는 롯데캐슬자이언트아파트는 수영강이 바다와 합류하는 지점에 위치해 있으며 왼쪽으로는 수영강, 오른쪽으로는 광안리 바다가 보이는 가장 전망이 좋은 35층짜리 고층 아파트다.

또한 태수가 살고 있는 T&L스카이타워 강 건너에 있어서 태수의 오피스텔에서 보면 롯데캐슬자이언트아파트가 아주 잘 보인다.

그런데 T&L스카이타워 맞은편으로 조영기가 이사를 온다는 사실이 신기하기만 했다.

"큰형님께선 어떻게 부산, 그것도 해운대로 이사 오실 생각을 하셨습니까?"

"은퇴를 했으니까 예전부터 하고 싶었던 일을 이루려고 결단을 내렸지."

"하고 싶으신 일이라뇨?"

"두 가지야. 트라이애슬론하고 요트."

"트라이애슬론이 뭡니까?"

태수로서는 처음 들어보는 말이다.

"아이언맨이라든가 철인삼종경기라고 들어봤어?"

"네."

"수영, 사이클, 마라톤, 3개를 합쳐서 하는 것을 철인삼종 트라이애슬론이라고 하지. 그걸 완주하면 철인, 아이언맨이라는 칭호를 주지."

"네……."

"트라이애슬론이야말로 진짜 울트라야. 인간의 한계를 뛰어넘는 극한도전이지."

"그렇군요."

트라이애슬론에 대해서는 문외한인 태수는 그저 고개만 끄떡였다.

그렇지만 장차 그가 진정으로 도전하려는 세계가 바로 그것이었다는 사실은 이때까지만 해도 전혀 모르고 있었다.

태수는 혜원의 큰오빠 남중권을 만나기 전에 친구인 박기태부터 만났다.

혜원네는 영양에서 워낙 유명한 가문이라서 그 집에 무슨 일이 있다면 영양읍에서 모르는 사람이 없다.

태수는 영양을 떠나 있었던 기간이 길어서 혜원네 가문의 사정에 대해서는 거의 모르고 있다.

남중권을 만나기 전에 친구 박기태에게서 뭔가 참고가 될 만한 것들을 알아두면 좋지 않을까 하는 생각이다.

"유치장?"

그런데 박기태에게서 듣게 된 첫말은 참고가 될 만한 얘기가 아니라 태수를 앉았던 자리에서 벌떡 일어서게 만든 충격적인 소식이었다.

"혜원 아버지가 유치장에 계시다는 말이야?"

"그래. 그것 때문에 그 집안은 풍비박산 났어."

"어떻게 된 건지 자세히 설명해 봐라."

혜원 아버지 남용권 씨는 대구의 영남대학교를 나왔는데 몇 달 전에 대학 동창이라는 사람이 남용권 씨를 찾아와서 좋은 사업 아이템이 있는데 함께 사업을 해보자고 제안했었다.

얘기를 들어보니까 워낙 좋은 아이템이라서 남용권 씨는 귀가 솔깃하여 구미가 당겼다.

하지만 대학 동창이 반반씩 투자하자는 20억 원이라는 거액이 없어서 평소 가깝게 지내는 영양군 최고 부자 이정렬에게 대학 동창을 연결시켜 주었다.

세 사람이 있는 자리에서 이정렬은 사업 얘기를 듣고 나서 투자를 결정했다.

그러면서 순전히 남용권을 믿고 투자하는 거라고 너스레를 떨었고, 남용권은 사업이 실패하면 전적으로 자기가 책임을 지겠노라고 가슴을 치며 호언장담했다.

그러고는 남용권 씨는 동창이나 그가 갖고 온 사업에 대해서는 까맣게 잊어버렸다.

그러던 어느 날 경찰이 들이닥쳐서 남용권 씨를 영양경찰서로 데려가더니 유치장에 수감시켰다.

죄명은 사기. 남용권 씨의 영남대학 동창이 영양최고갑부 이정렬이 투자한 20억 원을 갖고 튀어버린 것이다. 고소인은 이정렬이었다.

알고 봤더니 혜원은 고모 수현과 함께 영양집에 내려와 있었다.

회사에 무급휴가를 내고 영양에 내려온 지 4일 됐다고 했다. 아버지가 유치장에 갇혔으니 마음 편하게 서울에서 직장이나 다니고 있을 수는 없었을 것이다.

작은 오빠는 사업 때문에 해외에 나가 있고, 큰오빠 남중권은 20억 원이라는 돈을 구하기 위해서 동분서주하고 있다는 것이다.

"야, 태수야. 너 혜원이네 집에 찾아가 봐라. 이건 하늘이 내려준 찬스다."

박기태는 혜원의 아버지와 큰오빠가 태수를 반대한다는 사실을 알고 있기 때문에 반색을 했다.

"찬스?"

"그래. 너 돈 많이 벌었을 거 아냐? 그러니까 지금 이런 기회에 20억 원 들여서 군수님을 빼내면 그다음부터는 만사형통이지 뭐. 안 그러냐? 너 20억 있지?"

태수는 거기까지는 생각하지 못했었는데 박기태의 말을 듣고 보니까 과연 그럴 수도 있겠다 싶었다.

그렇지만 거기에 대해서 잠시 더 생각해 보다가 고개를 절레절레 가로저었다.

"그러는 건 아닌 것 같다."

"뭐가?"

"아니다."

태수는 박기태에게 왈가왈부 설명할 필요를 느끼지 못하고 앉아 있던 읍내 다방에서 일어섰다.

박기태와 헤어진 태수는 일단 차로 돌아와서 윤미소에게 전화를 했다.

이곳의 사정 얘기를 듣고 난 윤미소는 자기가 직접 영양으로 갈 테니까 태수에게는 아무것도 하지 말고 혜원도 만나지 말라고 당부했다.

태수도 일을 원만하게 처리할 때까지는 혜원을 만나지 않을 생각이었다.

태수는 영양읍 같은 시골에서는 사람들 눈에 금방 띄는 벤틀리 플라잉스퍼를 으슥한 골목에 세워두고 걸어서 어머니네 집으로 갔다.

물론 모자를 쓰고 짙은 선글라스를 끼었기 때문에 미니 슈퍼에 물건을 사러 온 손님인 줄 알 것이다.

태수는 어머니에게 건물을 사드리라고 윤미소에게 시킨 후로는 집에 처음 와보았다.

척!

제법 넓은 슈퍼 안으로 태수와 고승연이 들어서니 물건을 정리하고 있던 알바생 단발머리 여자아이가 힐끗 쳐다보고는 계속 물건을 정리하며 한마디 했다.

"어서 오이소."

태수는 엄마가 슈퍼에 계시기를 바랐지만 워낙 놀러 다니고 사람들하고 어울리기 좋아하는 엄마에게 그런 걸 바라는 건 무리다.

그때 슈퍼 한쪽에 딸린 방에서 와아! 하는 함성이 터졌다. 그러면서 쌌다! 두 번 쌌으니까 한 번만 더 싸면 된다! 니는 치라는 고스톱은 안 치고 맨날 싸기만 하노? 와르르 웃는 소리가 뒤를 이었다. 그 웃음소리 속에 엄마 목소리도 섞여 있었다.

엄마가 동네 어른들하고 방에서 고스톱을 치고 있는 모양인데 고스톱은 엄마가 즐기는 소일거리 중 하나다. 엄마는 고스톱보다는 집에 사람들이 찾아오는 걸 좋아해서 장소를 제공해 주고 고리를 뜯는 걸 즐겨 한다. 생활이 넉넉해진 지금도 엄마의 취미는 변함이 없는 것 같다.

고승연은 물건을 고르는 척하면서 슈퍼 안을 어슬렁거리고 태수는 어정쩡하게 서서 어떻게 할까 망설였다.

방 안에는 동네 어른 대여섯 명이 들어앉아 있을 텐데 태수가 왔다는 사실을 알게 되면 영양읍이 발칵 뒤집어지는 것은 시간문제다.

모르긴 해도 영양군수를 비롯한 내로라하는 영양읍의 유지들이 죄다 몰려오고 대대적인 환영회니 뭐니 소란을 피울 터이다.

그때 고승연이 과자부스러기 몇 봉지를 손에 쥐고 태수를 쳐다보았다.

아무래도 태수는 오늘은 그만 돌아가야겠다 싶어서 슈퍼 밖으로 나가는데 때마침 예쁘장하고 말만 한 처녀 하나가 추리닝 바람으로 슈퍼에 들어서다가 태수하고 정면으로 딱 마주쳤다.

태수는 다짜고짜 처녀의 팔을 잡고 슈퍼 옆 건물 이 층으로 올라가는 입구 안쪽으로 이끌었다.

"옴마야! 와 이러니껴?"

"인화야, 내다."

태수 목소리를 들은 처녀의 눈이 왕방울처럼 커지더니 갑자기 눈물을 왈칵 쏟으면서 태수에게 안겼다.

"오빠야!"

"조용해라."

태수는 누이동생 인화의 등을 두드렸다.

인화가 엄마를 살짝 불러내서 태수가 왔다는 사실을 알려주자 엄마는 반색하며 고스톱판에서 빠져나와 이 층으로 달려 올라왔다.

"하이고~ 이기 누고? 우리 태수 아이가?"

엄마는 태수를 부둥켜안고 기뻐서 어쩔 줄 모르면서 눈물을 펑펑 흘렸다.

홍분이 웬만큼 가라앉은 엄마는 태수 뒤 방바닥에 단정하게 책상다리를 하고 있는 선글라스를 낀 고승연을 힐끔거리며 물었다.

"미스 윤 처자하고는 같이 안 왔나?"

지난번에 태수의 부탁이라고 영양에 와서 건물을 사주고 간 윤미소를 말하는 것이다.

"가는 바쁘다."

태수는 고향에 오니 저절로 사투리가 나왔다.

"니 미스 윤하고 둘이 사귀나? 둘이 잤나?"

엄마는 노골적으로 물었다.

"엄마, 그기 아이고……."

엄마는 고승연을 힐끗 또 봤다.

"저 처자가 니 애인이로?"

고승연이 꾸벅 고개를 숙였다.

"저는 한태수 씨 경호원입니다."

"경호원? 그기 뭐꼬?"

태수는 이제는 엄마에게 혜원에 대해서 말해야겠다고 마음 먹었다.

엄마도 언젠가는 혜원에 대해서 알아야 하는데 지금이 바로 그때다.

"엄마, 내 할 말이 있다."

경상도, 특히 경북에서는 집안 어른이라고 해도 여자들에게는 반말을 하고 남자에겐 지극히 공손한 게 보통이다.

태수가 자신과 혜원에 대해서 자세히 설명하는 걸 다 듣고 난 엄마는 마치 하늘이 무너진 것 같은 표정을 지었다.

"태수 니가 아기씨하고… 우짜려고……."

경북에서는 나이 든 여자들이 남의 집, 특히 좋은 가문의 딸이나 며느리를 아기씨라고 부르는 게 예사다.

엄마는 얼굴이 하얘졌다.

"그기 정말이가?"

"정말이다."

"니 설마… 아기씨하고 잤나?"

"잤다."

"하이고야… 니 제정신이라? 몇 번 잤노?"

엄마는 남자가 여자하고 잤느냐 안 잤느냐로 남녀 관계를 정리한다.

"셀 수도 없다."

"이노마가 참말로……."

엄마가 지금은 천지개벽한 것처럼 정신없이 놀라지만 시간이 지나면 받아들일 거라는 사실을 태수는 알고 있다.

"엄마, 내랑 부산에 가서 안 살래?"

"부산? 그기 영종도 인천공항 있는데 말이가?"

엄마는 몇 년 전에 동네 사람들하고 인천공항에 구경을 다녀왔는데 그곳이 강원도에 있는 줄 알고 있다.

그러니까 엄마의 상식으로는 강원도 부산시 영종도 인천공항인 거다.

"그래. 부산 가서 내랑 같이 살자."

"택도 엄따. 니가 영양 들어와서 내캉 같이 살자."

태수는 그 문제에 대해서는 나중에 다시 꺼내기로 했다.

혜원네 집에서는 거실 소파에 혜원과 수현, 혜원 엄마 셋이 앉아서 아무 말도 하지 않고 어두운 얼굴로 늘어지게 한숨만 쉬고 있었다.

혜원 아버지는 유치장에 있고, 돈을 구하러 돌아다니고 있는 큰오빠 남중권에게서는 이렇다 할 소식이 없으니 억장이 무너지고 있는 것이다.

수현은 원래 백조라서 매일 돈이 궁한 편이고, 혜원은 봉급 쟁이라서 저축한 돈이라고 해봐야 빤하다. 혜원이 태수와의 앞날을 위해서 열심히 모았다고는 하지만 졸업하고 일 년 남 짓 모았기 때문에 기껏해야 2천만 원 정도라서 아버지 구명에 는 전혀 도움이 되지 않았다.

혜원네 집안이 부유하다고 하지만 그건 영양군 내에서 얘 기고, 있는 돈 없는 돈 달달 긁어모으고 빚을 낸다 대출을 받 는다 해도 3억을 넘지 못했다.

전답이나 임야가 있기는 하지만 시골 촌구석이라서 전답은 평당 몇 만 원, 임야는 몇 백 원 수준이고, 그걸 내놔서 현금 으로 만든다고 해도 사자가 금방 나타나는 것도 아니다.

딩동~

세 사람이 방구들이 꺼질 정도로 한숨만 내쉬고 있을 때 손님이 찾아왔다.

이처럼 좋지 않은 상황에서 찾아오는 손님이란 대부분 비보를 전하게 마련이다.

옛말에도 복은 쌍으로 오지 않고 화는 홀로 오지 않는다고 하지 않았던가.

그런데 옛말도 가끔 틀릴 때가 있는데 지금이 바로 그런 경우다.

서울에서 내로라하는 로펌의 변호사를 대동하고 찾아온 윤미소는 혜원을 한눈에 알아보았다.

"혜원 씨?"

"네, 누구신지……."

윤미소는 정중하게 명함을 내밀었다.

혜원은 명함에 'W.M 매니지먼트 매니저 윤 미소'라고 적힌 것을 보고는 윤미소를 쳐다보며 의아한 표정을 지었다.

"이게 무슨……."

윤미소는 어디까지나 공손함과 품위를 유지하면서 대답했다.

"W.M은 윈드 마스터의 이니셜입니다."

"……."

혜원은 '윈드 마스터'라는 말을 귀가 닳도록 들었고 그것이 사랑하는 태수의 닉네임이므로 모를 리가 없다.

"설마 오빠의……."

"빙고."

윤미소는 깐깐한 이미지를 주는 테 없는 안경 너머 눈을 초승달처럼 만들며 손가락으로 동그라미를 만들고는 거실 소파 쪽을 쳐다보았다.

"들어가도 될까요?"

혜원은 대답 대신 갑자기 두 손으로 얼굴을 가리고 그 자리에 웅크리고 앉으면서 왈칵 눈물을 쏟았다.

"으흐흑……!"

태수는 정말 오랜만에 엄마가 해주는 시레기된장찌개와 식혜김치를 반찬으로 밥을 배가 터지도록 먹었다. 특히 멸치젓갈로 버무린 식혜김치가 얼마나 먹고 싶었던지 자다가 꿈까지 꿨을 정도였다.

고승연도 입맛에 맞는지 밥을 두 공기나 비우고는 배를 쓰다듬으며 뒤로 물러나 앉았다.

"야야, 니 그 말 참말이가?"

엄마는 태수가 혜원과 깊은 관계라는 사실을 벌써 스무 번도 더 확인하고 있다.

"엄마는 혜원이 며느리되는 거 싫나?"

"야가 무신 소리를 하노? 아기씨가 내 며느리가 된다 카믄 내사마 맨날 업고 다니재."

"그리 좋나?"

"아기씨맨크롬 심성 똑바르고 고운 여자는 세상천지에 한 명도 음따."

태수가 빙그레 미소를 짓자 엄마는 때리는 시늉을 했다.

"야가 윗기는 와 웃노?"

"엄마 좋아하는 거 보니까 좋아서 웃재."

똑똑…….

그때 밖에서 누가 방문을 두드리자 인화가 일어나 문을 열었다.

문 밖에는 얼마나 울었는지 눈이 빨개진 혜원이 다소곳이 서 있다가 방 안에 태수가 앉아 있는 걸 보고는 한달음에 달려 들어오면서 울음을 터뜨렸다.

"와아앙! 오빠—!"

혜원이 엉거주춤 일어서는 태수에게 안기는 걸 보고 엄마는 기함을 할 만큼 놀랐다.

"이기 누고? 아기씨 아니껴?"

"오빠… 오빠…….”

혜원은 태수의 품에 안겨서 아무 말도 하지 못하고 그저 하염없이 눈물만 흘렸다.

태수가 처다보니까 윤미소가 들어서면서 빙긋 미소를 지으며 손가락으로 동그라미를 만들어 보였다.

'임무 완수.'

윤미소는 서울에서 데리고 온 변호사와 함께 고소인 이정렬을 만나서 그가 투자했던 20억 원에 그가 주장하는 정신적 피해 보상 1억 원까지 지불하기로 서류를 작성하고 고소취하를 약속받았다.

방학으로 집에 내려와 있는 인화의 방에서 태수와 혜원이 방바닥에 마주 앉았다.

"엄마랑 고모는 모르지?"

"응."

"됐다. 나중에 어른들께는 너희 회사에서 힘을 써준 거라고 말씀드려."

"오빠, 어째서 그렇게까지……"

태수는 진지하게 말했다.

"나는 이번 일을 기회로 삼고 싶은 생각이 없어."

"오빠……"

"내가 아무리 배운 게 없고 경험이 짧다고 해도 워나 너희 집안의 위기를 기회로 삼는 것은 사람이 할 짓이 아니라고 생각해."

혜원은 그저 아무 말도 못하고 태수의 손을 잡은 채 눈물만 흘릴 뿐이다.

"너와 나의 일은 내가 나중에 어르신 찾아뵙고 말씀드리고 허락을 받아야겠다."

"고마워 오빠."

"그런 말 마라."

태수는 고개를 절레절레 가로저었다.

"어렸을 때부터 나처럼 보잘것없는 놈 하나 믿고 모든 걸 다 바치고 믿어준 너의 은혜에 비하면 이건 새발에 피다."

"그렇지만 20억 원이라는 엄청난 돈이……."

"워나."

"응?"

태수의 얼굴이 어느 때보다도 진지해졌다.

"그건 그냥 돈일 뿐이야."

"그게 무슨……."

"말 그대로야. 워나 니가 나를 보러 안동에 한 번 내려오는 정성과 사랑을 돈으로 환산할 수 있을까?"

태수는 지금껏 가슴에 담아두기만 했던 마음을 이제야 비로소 말로 표현할 수 있게 되었다.

"니가 안동에 날 보러 내려온 게 몇 번이고 날 위해서 울어준 게 도대체 몇 번이었지? 그리고 의정부 수송대에 있을 때 토요일마다 면회를 와준 건 또 어떻고. 그런 걸 다 돈으로 계산한다면 몇 조, 아니, 몇 십 조는 될 거다. 아냐, 돈으로 그런 걸 살 수나 있을까?"

혜원은 눈물을 흘리면서 태수를 말끄러미 바라보았다.

"오빠 정말 말 잘한다."

"어어……."

태수가 머쓱한 표정을 짓는데 혜원은 쓰러지듯이 그에게 안겨왔다.

"사랑해. 달변 오빠."

제20장
원마주법

부산 해운대 마린시티로 돌아온 태수는 정신없는 일상을 보내고 있는 중이다.

태수는 마음을 조급하게 먹지 않았다. 20일 남짓 남은 베를린마라톤대회에서 세계기록을 경신하면 더할 나위 없이 좋겠지만, 그게 그렇게 말처럼 쉬운 일이 아니라는 걸 너무도 잘 알고 있다.

베를린마라톤대회까지 두어 달이라도 남았으면 어디 전지훈련이라도 가겠지만 20일 남겨둔 상황에서는 테이퍼링을 잘해두는 게 상책이다.

테이퍼링은 훈련량을 점점 줄이면서 잘 먹고 잘 쉬어야만 한다.

하지만 태수는 자신만의 제대로 된 주법을 개발하기 위해서 오늘도 비지땀을 흘리고 있다.

사흘 휴가를 끝낸 태수와 신나라, 손주열은 사직종합경기장 보조경기장에서 훈련을 하고 있다.

태수와 신나라, 손주열은 태수 군단이라는 이름에 걸맞게 어느덧 뛰는 주법이나 폼도 비슷해졌다.

그리고 현재는 같은 문제를 갖고 머리를 맞대고 의논을 하고 거기에서 나온 결론을 트랙을 달리면서 시험하고 있다.

달리기 주법에서 매우 중요한 것이 착지다. 가장 많은 선수가 구사하고 있는 것이 뒤꿈치 착지이며 이것을 리어풋 착지라고 한다.

처음에 태수는 리어풋 착지를 했었다. 그런데 이 착지법은 스피드를 낼 수가 없으며 뒤꿈치와 무릎에 충격이 많이 가서 부상의 위험이 있다.

이후 태수는 여러 대회에 참가하면서 스피드를 내야 한다는 필요에 의해서 달리다 보니까 자신도 모르는 사이에 뒤꿈치와 발바닥 중간 부위가 동시에 바닥에 닿는 착지로 변해가더니 이제는 어느덧 완전한 발바닥 중간볼 착지, 즉 미드풋 착지로 굳어버렸다.

태수는 지난번 호주 베이징세계선수권대회 마라톤에서 케냐와 에티오피아 선수들이 발바닥 앞부분으로 착지하는, 즉 프론트풋 착지를 보고는 자신도 언젠가는 저렇게 달려야겠다고 마음먹었었다.

그렇지만 나중에 생각을 해보니까 무리하게 프론트풋 착지로 변경할 경우 부상을 당할 가능성은 큰 데다가 반면에 그로 인해서 얻어지는 효과는 상대적으로 적을 것 같아서 포기하고 말았었다.

더구나 그 즈음에 그는 발바닥 중간 부위 미드풋 착지가 거의 정착된 상황이었다.

그는 베이징세계선수권대회에서 미드풋 착지로 2개의 금메달과 한 개의 은메달을 획득했었다.

하지만 그것도 태수에게는 완벽한 주법이라고 생각되지 않아서 지금 머리를 싸매고 연구하는 중이다.

태수는 저녁 식사 후 영어 개인 교습을 받고 있다가 퍼뜩 떠오르는 생각이 있어서 자리를 박차고 일어났다.

'체간 달리기를 잊고 있었다.'

그는 그 길로 수영강 자전거도로로 달려가서 시험을 하기 시작했다.

그가 자신의 돈을 내고 최초로 상금사냥꾼이 되어 달렸던 대회가 성주참외마라톤 하프코스였었다.

그 대회에서 야생마 민영을 처음 만났었다. 그때 민영이 태수더러 체간 달리기를 하라고 말했었다.

"체간(體幹) 달리기 몰라요? 허리로 달려요! 그러다가 부상당해요!"

태수는 최초로 마라톤에 대해서 받았던 코치를 새롭게 상기하며 달렸다.

'허리로 달린다.'

그리고 보니까 오랫동안 허리로 달린다는 것을 잊고 있었다.

그런데 막상 달려보니까 완벽하게 허리로 달리지는 않지만 어느 정도 대략 70%는 허리를 중심으로 달리고 있는 자신을 발견했다.

그 당시에 체간 달리기라는 것을 처음 코치를 받았기 때문에 은연중에 그렇게 달리려고 노력한 결과물이다.

'체간 달리기를 완벽하게 만들고 그다음에 거기에 플랫주법과 스트라이드주법을 섞자.'

해결책이 나왔다. 지금까지 태수는 70%의 체간 달리기에 플랫주법과 보폭 넓은 스트라이드주법을 넣어서 구사하려고 했었으나 번번이 실패했었다.

플랫주법의 플랫(Flat)은 고르게, 평평하게라는 의미로, 상하의 움직임을 최소화하고, 햄스트링을 이용하여 다리를 재빨리 뒤로 움직이는 동작을 말한다.

그래서 발바닥이 바닥에 닿기도 전에 재빨리 뒤로 잡아챈다는 말이 나온 것이다.

플랫주법의 단점은 피치주법처럼 보폭이 좁다는 점이다. 다리를 빨리 움직이다 보면 보폭이 좁을 수밖에 없다.

그런데 태수는 플랫주법으로 뛰면서 보폭을 최대한 넓히는 스트라이드주법을 병행하려고 하니까 극과 극이 만나서 언밸런스를 일으킨 것이다.

플랫주법과 스트라이드주법을 중화시키는 것이 체간 달리기다. 그렇지만 태수는 완벽하지 않은 70%의 체간 달리기였기에 여태껏 성공하지 못했었다.

'발바닥이 바닥에 닿기 전에 뒤로 잡아채면서 허리를 중심으로 달리며 미끄러지듯이 점프한다.'

그러면서 몸이 위로 튀어 오르지 않게 하면서 동시에 두 팔은 매우 자연스럽고도 짧게 흔들어준다.

한밤중에 강변에 나와서 2시간쯤 뛰어본 태수는 하나의 문제에 직면했다.

태수 나름에는 체간 달리기를 백 퍼센트 실행한다고 생각하는데 도통 스트라이드가 넓어지지 않았다.

심윤복 감독의 말에 의하면, 베이징세계육상선수권대회 5,000m에서 태수가 마지막 랩 스퍼트를 했을 때 스트라이드가 2m 20㎝ 정도고, 주행회수는 225회를 상회했다고 했었다.

그 말을 듣고 태수는 목표를 거기에 맞췄다. 그렇지만 아무리 애써도 스트라이드 2m 20㎝는 고사하고 2m조차 제대로 나오지 않았다.

물론 스피드를 내면 가능하지만 마라톤이나 중장거리가 이븐 페이스로 줄곧 달리는 종목이기 때문에 처음부터 끝까지 줄기차게 스피드를 낼 수는 없는 일이다.

더구나 주행회수 225회는 더욱 불가능한 회수다. 그런 건 진검 승부 때, 최후의 스퍼트를 했을 때나 나올 수 있는 초인적인 일이다.

오늘 밤 태수가 100%의 체간 달리기에 플랫주법과 스트라이드주법을 섞어서 구사한 달리기에 의하면 스트라이드는 약 185㎝ 정도, 주행회수는 190회다.

당연한 얘기지만 스트라이드를 더 넓게 하면 주행회수가 줄어들고 주행회수를 높이면 스트라이드가 좁아진다.

그렇지만 더 중요한 사실은 그렇게 해서 달리니까 뭐라고 설명할 수 없을 만큼 몸이 편하다는 것이다.

스트라이드 185㎝면 태수의 키 178㎝보다 7㎝ 넓다. 더구나 주행회수 190이니까 그가 원래 갖고 있던 3개의 주법 중에서 두 번째인 ㎞당 2분 50초 페이스와 비슷하다.

그 주법은 중간 스퍼트를 했을 때의 경우인데 그걸 이븐 페이스로 삼을 수 있다면 풀코스를 2시간 3분대에 주파할 수가 있다는 얘기가 된다.

다음 날 새벽 5시에 태수는 신나라와 손주열을 깨워서 텅 빈 수영강 자전거도로로 나갔다.

그는 자신이 어젯밤에 터득한 새로운 주법에 대해서 자세히 설명을 해주고 나서 강변을 달리기 시작했다.

탁탁탁탁탁…….

"체간 달리기다! 체간! 정신 차려!"

태수의 외침이 수영강의 새벽 공기를 쨍쨍 깨뜨렸다.

"주열아! 머리가 너무 솟구친다!"

"나라야! 보폭이 자꾸 좁아지잖아!"

세 사람은 수영강변에 동이 훤하게 터오고 아침 산책과 조깅을 하러 나온 사람이 조금씩 늘어날 때까지 훈련을 계속하다가 지친 몸을 이끌고 T&L스카이타워로 돌아왔다.

아침 식사를 하고 잠시의 휴식 시간이 지난 후에 태수 군단의 훈련은 T&L스카이타워 꼭대기 층 트레이닝센터에서 계속되었다.

자기 혼자만 훈련하는 것이 아니라 신나라와 손주열까지 챙겨야 하는 태수는 거의 제정신이 아니다.

그렇다고 손해를 보는 것은 아니다. 신나라와 손주열을 가르치면서 태수 자신도 한 번 더 배우게 되고, 그들의 단점을 지적하면서 자신이 미비했던 점을 고쳐 나가고 있으므로 어쩌면 득이 되는 일이다.

세 사람은 트레드밀 위에서 나란히 기진맥진할 때까지 뛰고 또 뛰었다.

이건 지구력이나 스피드가 아닌 새로운 주법을 몸에 배게 하는 것이 목적이다.

그렇지만 이 새로운 주법이 신나라와 손주열에게 맞지 않으면 무용지물이다. 태수에게 맞는다고 해서 그들에게도 맞으라는 보장이 없다.

태수는 신나라가 새로운 주법으로 달렸을 경우 ㎞당 3분 23초로 예전 3분 30초대에 비해서 7초나 빨라졌음을 알게 되었다.

신나라의 베이징세계선수권대회 마라톤 기록은 2시간 27분대였는데, 만약 그녀가 이 주법을 몸에 익혀서 마라톤대회에 나가게 된다면 2시간 23분까지 단축할 수 있을 것이다.

베이징에서 2시간 9분대였던 손주열은 새로운 주법으로 뛰어보니 2초쯤 빨라진 것을 확인했다.

2시간 9분이면 ㎞당 3분 3초 페이스다. 그런데 2초가 빨라졌으니까 ㎞당 3분 1초로 풀코스를 뛰었을 경우 2시간 7분대로 종전보다 2분이나 당길 수가 있다.

태수는 드레드밀에서 새로운 주법을 훈련하다가 헬스로 자리를 옮겼다.

타라스포츠 CF모델로서 몸짱을 만드는 것도 중요한 일이지만, 태수가 무엇보다 더 중요하게 생각하는 것은 복근과 대퇴사두근, 대퇴이두근, 그리고 햄스트링을 강화하는 것이다.

체간 달리기를 원활하게 잘하려면 그런 근육들이 잘 발달돼야 하지만 새로운 주법은 특히 더 그렇다. 허리와 복근, 대퇴부, 햄스트링의 힘이 골고루 충분하게 필요하다.

복근운동에는 철봉과 팔굽혀펴기가 최고다. 태수는 철봉에 한 번 매달리면 내려올 생각을 하지 않는다.

손주열도 태수 쪽으로 와서 팔굽혀펴기에 열중하고 있다.

가장 늦게 트레드밀에서 내려온 신나라가 땀범벅이 된 모습으로 할딱거리며 헬스 쪽으로 왔다.

"학학학… 선배님, 이 윈마주법은 정말 대단한 것 같아요."

마침 철봉에서 내려온 태수가 의아한 얼굴로 물었다.

"윈마주법이라니?"

신나라는 아이처럼 웃었다.

"헤헤… 선배님이 개발하신 주법이니까 윈드 마스터 주법이잖아요. 그걸 줄여서 윈마주법, 어때요?"

손주열이 일어서며 엄지손가락을 치켜세웠다.

"멋진데? 앞으로 윈마주법이라고 하자."

"어때, 너희 둘? 그 주법으로 뛰는 게 괜찮아?"

"최고예요."

신나라는 환한 얼굴로 대답했다.

"원래 저는 선배님하고 훈련을 많이 했기 때문에 윈마주법으로 바꾸는 게 별로 어렵지 않았어요."

윈마주법은 태수의 원래 주법에서 30% 정도 변형, 발전된 주법이다.

"그리고 달리는 게 아주 편해요. 중간 브레이크 없이 쭉쭉 나가서 속도가 점점 빨라지는 거 같아요."

태수가 윈마주법에 중점을 둔 부분이 바로 브레이크가 걸리지 않으면서 주행회수를 더 빠르게 하고 스트라이드는 예전에 비해서 조금 커지든가 아니면 예전 스트라이드를 유지하는 것이다.

윈마주법을 원활하게 잘 활용하려면 복근과 허리, 대퇴부, 햄스트링이 튼튼해야 하는데 신나라는 그런 근육들이 보디빌더처럼 잘 발달되어 있어서 윈마주법으로 바꾸는 데 어려움이 없었다.

반면에 손주열은 다리만 튼실하고 그런 근육들이 부실해서 윈마주법을 습득하는 데 애를 먹고 있다.

그렇지만 손주열은 윈마주법으로 달려보니까 km당 2초나 단축됐다는 사실에 크게 고무되어 있다.

"주열아, 넌 어떠냐?"

"나도 윈마주법이 좋다."

좋은 것과 달리기 편한 것은 다르다. 윈마주법이 손주열에게도 좋으면서 달리기 편해야만 한다.

"넌 베를린에서는 그냥 너 하던 대로 뛰어라."

"시간이 충분하면 좋을 텐데……."

손주열은 아쉬운 표정을 지었다가 빙그레 웃으면서 태수의 어깨를 두드렸다.

"베를린에서는 내가 알아서 할 테니까 걱정 마라."

탁탁탁탁탁……

이른 새벽. 태수와 신나라는 집 앞 수영강 조깅코스를 나란히 달리고 있다.

오늘이 9월 22일. 이틀 후에 베를린으로 출발한다.

태수와 신나라의 원마주법은 거의 90% 이상이다. 태수는 신나라를 걱정했는데 그녀는 태수가 하는 것이나 가르치는 것은 정말 스폰지처럼 잘 빨아들이고 습득하는 천부적인 자질을 갖고 있다.

태수와 신나라, 손주열은 일찌감치 베를린마라톤대회에 참가 신청을 해두었다.

태수 같은 경우는 베이징세계육상선수권대회 마라톤에서 우승한 이후에 베를린마라톤대회 주최 측인 BMW로부터 공식 초청을 받았다.

예전에 태수가 하프마라톤 세계기록을 경신했을 때나 호주 골드코스트마라톤대회, 일본 북해도마라톤대회에서 우승했을 때에는 베를린마라톤대회 주최 측에서 아무런 공식 멘트가 없었다.

그 정도 기록으로는 베를린마라톤대회에 공식 초청을 받을 만한 자격이 안 된다는 뜻일 것이다.

태수는 지난번 베이징세계육상선수권대회 마라톤에서 2시간 5분 44초로 우승했었다.

만약 세계육상선수권대회라는 타이틀이 붙지 않았으면 베를린에서 공식 초청장 같은 것을 보내지 않았을 것이다. 2시간 5분대의 마라토너는 수두룩하기 때문이다.

케냐의 데니스 키메토의 세계기록은 2시간 2분 57초이며 태수보다 2분 47초가 빠르다.

별것 아닌 것처럼 생각될지 몰라도 심윤복 감독의 분석에 의하면, 그 2분 47초 안에 33명의 세계적인 마라토너가 들어 있다는 말을 들으면 정신이 번쩍 든다.

"윈드 마스터! 파이팅!"

"태수 씨! 힘내세요!"

새벽에 조깅하러 나온 주민들이 태수와 마주치면 힘차게 응원을 해주었다.

얼마 전까지만 해도 태수의 열혈팬들이 숙소인 T&L스카이 타워 앞이나 태수가 움직이는 동선을 따라서 귀찮게 따라다 녔었는데 지금은 눈 씻고 찾아도 보이지 않는다.

태수의 팬클럽은 여러 개가 있는데 태수가 중요한 대회를 앞두고 있기 때문에 그가 훈련에 열중할 수 있도록 그에게 폐 를 끼치는 행동을 최대한 자제하고 있다는 것이다.

태수가 중국 베이징 한복판에서 중국의 극성팬에게 테러 아닌 테러를 당했던 것과 한국 팬들의 행동은 좋은 비교가 되 고 있다.

탁탁탁탁……

"선배님, 오늘도 바다 수영 할 거죠?"

이른 새벽. 수영강 최상류 회동댐 아래까지 갔다가 돌아오는 길에 신나라가 물었다.

"오늘은 수영장에서 하자."

㎞당 3분 30초~4분 페이스로 뛰고 있는 두 사람은 조금도 지치지 않은 모습이다.

"미소가 해운대그랜드호텔 수영장에 예약을 해두었을 거야."

베이징에서 돌아온 이후 태수와 신나라는 새벽 조깅에 이어서 해운대 바다 수영으로 훈련했었다. 하지만 9월 중순이 넘어가면서 바닷물이 차가워져서 자칫 감기라도 걸릴까 봐 수영장으로 장소를 옮기려는 것이다.

6시가 넘으니까 조깅하는 사람들이 드문드문 보인다.

고승연은 태수의 MTB바이크 메리다 빅세븐 XT를 타고 태수와 신나라 뒤쪽에서 바짝 따르고 있다.

메리다는 태수가 훈련을 위해서 초창기에 구입한 자전거인데 지금은 고승연이 경호용으로 사용하고 있다.

고승연이 경호원이 된 이후 그녀가 활약할 만한 일은 아직 한 번도 일어나지 않았다.

수영강 강변에는 2개의 길이 있는데 하나는 자전거도로고 또 하나는 나무로 만든 산책로다.

조깅을 하는 사람들은 주로 산책로를 사용하지만 태수와

신나라는 속도가 빠르고 산책하는 사람들과 부딪칠 염려가 없기 때문에 자전거도로를 이용하고 있다.

잘 뛰는 사람은 자전거도로를, 천천히 조깅하면서 편런하는 사람은 산책로를 이용한다고 보면 된다.

태수와 신나라가 달리고 있는 앞쪽에서 한 사람이 마주 달려오고 있다.

건장한 체격에 검은 트레이닝복을 입고 모자를 눌러쓴 젊은 청년인데 매우 빠른 속도다. 과연 자전거도로에서 달릴 만하다.

자전거도로는 꽤 널찍하기 때문에 앞에서 달리는 사람이나 자전거가 달려와도 피하지 않아도 된다.

그래도 태수는 항상 바깥쪽에 신나라를 뛰게 하고 자신은 자전거나 사람이 스쳐 지나가는 왼쪽에서 뛴다.

태수는 마주 달려오고 있는 사람이 아는 체를 할지도 모르기 때문에 그를 예의 주시하면서 달렸다.

탁탁탁탁탁…….

5m 앞으로 달려오고 있는 상대방이 태수를 쳐다보면서 오른손을 움직였다.

달림이들은 달릴 때 팔을 들어 손바닥을 펼쳐 보이든가 아니면 주먹을 불끈 쥐고 '파이팅!' 아니면 '힘!'이라고 외치는 게 보통이다. 상대방도 그럴 모양이라고 태수는 생각했다.

휘익!

그런데 조금 더 가깝게 다가온 상대방이 느닷없이 태수에게 빠른 속도로 부딪쳐 오는 게 아닌가.

태수는 상대방이 똑바로 잘 달려오다가 왜 갑자기 자신에게 부딪쳐 오는 것인지 이유를 알지 못했다.

그런데 그때 상대 청년이 오른손을 태수를 향해 불쑥 내밀면서 몸을 던지듯이 날렸다.

쉭!

"……!"

순간 태수는 청년의 오른손에 은빛 반짝이는 칼이 쥐어져 있는 것을 발견하고 깜짝 놀랐다.

청년은 칼로 태수를 찌르려는 것이 분명했다. 그러나 피하기에는 너무 가깝고 늦었다.

반짝이는 칼끝이 태수의 가슴 앞으로 찔러오는 데도 그는 주춤 뛰는 것을 멈춘 채 그 자리에 굳어버렸다.

퍽!

"억!"

그런데 바로 그때 뒤쪽에서 쏜살같이 튀어나온 고승연이 자전거로 청년을 냅다 들이박았다.

청년이 뒤로 비틀거리면서 물러서고 있을 때 고승연은 자전거에서 그대로 몸을 날려 청년에게 날아갔다.

"이 새끼! 죽어랏!"

청년은 자세를 바로 잡자마자 재차 태수를 향해 몸을 날리면서 칼을 찔러왔다.

뻑!

"끅!"

그렇지만 고승연의 앞발차기가 청년의 턱을 그대로 올려 차 버렸다.

고승연은 뒤로 벌렁 쓰러진 청년의 가슴을 한쪽 무릎으로 짓누르고 재빨리 오른팔을 비틀어 칼을 뺏어 저만치 던져 버렸다.

태수와 신나라는 놀라서 멀뚱하게 지켜보고 있는데, 고승연은 무슨 밴드 같은 것을 꺼내서 능숙한 동작으로 청년의 두 손목과 두 발목을 칭칭 감아서 꼼짝도 못하게 만들었다.

결박당한 채 바닥에 웅크리고 있는 청년은 태수를 잡아먹을 듯이 노려보면서 핏발 곤두선 눈으로 악다구니를 질렀다.

"한태수 너 이 개새끼야! 민영이는 우리 모두의 여신이지 너 같은 새끼 소유물이 아니란 말이다! 너 이 새끼 민영이 건드리면 우리 회원들이 가만두지 않을 거야!"

태수는 청년의 절규를 듣고서야 이게 어떻게 된 일인지 겨우 짐작이 갔다.

대한민국의 국민영웅인 윈드 마스터 태수가 아침에 조깅을 하다가 괴한의 습격을 받았다는 사실은 언론을 통해서 삽시간에 국내는 물론 해외까지 퍼져 나가서 반향을 불러 일으켰다.

국내의 모든 언론 매체가 이 사건을 비중 있게 다루었으며, 태수를 걱정하고 위로하는 국민들과 팬들의 우려와 성원이 파도처럼 답지했다.

경찰의 수사 결과 태수를 습격했던 청년이 속해 있는 모임은 아프로디테가 아닌 민영 한 사람만을 목숨을 바쳐서 결사적으로 옹위하는 광팬클럽이라고 밝혀졌다.

이 광팬클럽의 명칭은 '울브스(Wolves)'이며 모두 15명의 각계각층의 독신 남성으로 구성되었다고 한다.

더욱 놀라운 사실은, 울브스의 회칙 중 민영에게 애인이 생긴다면 그 남자를 무조건 처단한다는 섬뜩한 내용이 있다는 것이다.

경찰은 태수를 습격했던 남자의 직업이 지방대학의 시간강사이며 나이는 34세에 독신, 이름은 전창열, 그를 조사하여 울브스의 다른 회원들의 소재 파악에 주력하고 있다고 발표했다.

대한체육회와 대한육상경기연맹은 부산경찰청에 한태수 선수를 밀착 경호해 줄 것을 정식으로 요청했다고 한다.

타라스포츠 육상팀 휴게실에는 태수를 비롯한 여러 사람이 모여 있다.

민영은 아프로디테의 신곡 뮤직비디오 작업을 하는 도중에 태수의 습격 소식을 듣고 즉시 부산으로 내려왔다.

윈드 마스터 한태수 습격사건으로 대한민국은 물론 해외까지 떠들썩한 상황이지만 정작 당사자인 태수는 그다지 심각하게 생각하지 않았다.

다만 인기 아이돌이나 운동선수를 그처럼 무조건적, 광적으로 좋아하고 사이코패스적인 행동을 서슴지 않는 사람들이 있다는 현실이 슬플 뿐이다.

"정말 싫다."

민영은 아까부터 그 말만 되풀이하면서 고개를 흔들고 있다.

신나라는 오늘 아침에 있었던 습격사건 때문에 밤이 된 지금까지도 겁에 질린 모습이다.

그녀 말로는 그 당시의 광경이 좀처럼 머리에서 지워지지 않는다고 했다.

태수는 이번 일로 새로운 사실을 알게 되었다. 습격까지는 아니지만 그동안 민영도 태수 팬클럽 열성팬들에게 여러모로 시달림을 받고 있었다는 것이다.

그런데도 민영은 거기에 대해서는 지금껏 태수에게 한마디도 하지 않았었다.

하지만 태수와 민영으로서는 이런 상황에 대해서 어떻게라도 능동적인 대처를 할 방법이 없다. 그저 인내하고 조심하는 게 최선일 뿐이다.

"부산경찰청에서 무술경찰 2명을 파견해 주겠대."

태수 맞은편에 앉은 민영이 착잡한 얼굴로 말문을 열었다.

"오빠를 24시간 밀착 경호 해주겠대."

모두들 자기를 쳐다보는데 태수는 한쪽에 서 있는 고승연을 쳐다보았다.

이번에 고승연의 적절한 대처가 아니었으면 태수는 큰 봉변을 당했을 것이다.

어쩌면 사이코패스의 칼에 찔려서 중상을 입거나 죽었을 수도 있다.

그러니까 고승연이 태수의 목숨을 구한 것이다. 태수를 경호하는 것이 그녀의 임무이기는 하지만 태수는 그녀에게 큰 은혜를 입었다고 생각한다.

"고 팀장 생각은 어때요?"

"제가 무슨……"

"고 팀장 혼자서 날 경호할 수 있다고 한다면 경찰의 경호는 받지 않을 생각입니다."

"오빠!"

"태수야."

민영과 심윤복 감독이 놀라는데도 태수는 묵묵히 고승연의 대답을 기다렸다.

고승연은 잠시 생각하더니 진지하게 고개를 끄떡였다.

"저 혼자서 할 수 있다고 생각합니다."

태수는 민영에게 요구했다.

"이 빌딩에 고 팀장 방 하나 내줘. 이왕이면 내 오피스텔하고 가까운 위치로."

"오빠, 정말 저 여자 하나만으로 되겠어?"

민영은 윤미소가 고용한 고승연이 미덥지 않은 모양이다.

태수는 정색을 했다.

"고 팀장이 날 구했다. 그거면 충분하지 않냐?"

"그거야……."

태수는 내친 김에 윤미소에게 지시했다.

"미소야, 고 팀장 페이 얼마냐?"

"300만 원."

"500만 원으로 올려주고 이번 일 포상금 드려라. 그리고 보너스 400% 드리고."

윤미소의 얼굴이 놀라움과 기쁨으로 물들었다.

평소 무표정한 고승연도 이때만큼은 눈이 커지고 적잖이

당황하는 듯했다.

태수는 민영을 채근했다.

"고 팀장 방 어떻게 할래?"

태수가 알기로는 고승연이 광안리 어딘가 원룸을 월세로 얻었다고 했다.

민영은 전화로 뭔가 알아보고 나서 말했다.

"지금 오빠가 쓰고 있는 오피스텔 같은 층에 방 5개에 욕실 3개짜리 75평이 있대. 오빠가 거길 쓰고 저 여자한테 방 하나 내주면 되잖아. 그럼 밀착 경호 되겠네."

"75평이라니, 너무 크지 않을까?"

민영은 슬쩍 태수를 흘겼다.

"윤 매니저에 고 팀장까지 한집에서 살려면 그 정도는 돼야 하지 않겠어?"

태수와 윤미소는 동시에 찔끔했다. 윤미소가 태수 오피스텔에 얹혀서 사는 건 그동안 비밀이었기 때문이다.

태수는 고승연을 쳐다보았다.

"어떻게 할래요?"

"저는 상관없습니다."

"그럼 같이 지내는 걸로 합시다."

민영이 여유를 부렸다.

"같이 살아보면 75평이 얼마나 넓은지 알게 될 거야. 작심하고 만나지 않으면 하루 종일 서로 마주칠 일도 거의 없어."

"나 또 서울 올라가 봐야 해."

타라스포츠 총괄본부장실에 태수와 둘이 들어온 민영은 해쓱해진 얼굴로 말했다.

"내가 대한경호협회에 알아보니까 고승연 그 여자 특A급이래. 그러니까 오빠는 항상 그 여자를 옆에서 떼어놓지 마. 알았지?"

"그래."

민영은 서울에서 아프로디테 신곡 뮤직비디오를 마저 찍고 내일 타라스포츠 육상팀하고 인천공항에서 만나 함께 베를린으로 출발하기로 했다.

슥─

"내일 봐."

민영이 일어서자 태수도 커피잔을 내려놓고 따라 일어섰다.

태수는 문으로 걸어가는 민영을 따라가는데 민영이 갑자기 돌아서는 바람에 부딪칠 뻔했다.

"조심해야 돼?"

"알았다."

슥─

민영은 말없이 두 팔을 뻗어서 태수의 허리에 두르고 몸을 밀착해 왔다.

이상한 일이다. 민영이 어떤 행동을 취하면 태수는 뿌리치지 못한다.

민영은 발뒤꿈치를 들고 태수에게 입맞춤을 했고 태수는 가만히 있었다.

민영이 태수의 아랫입술을 부드럽게 빨고 나서 입술을 부비며 소곤거렸다.

"사랑해."

민영의 하체와 가슴이 태수의 몸에 밀착되어 생생하게 느껴졌다. 그리고 묘한 향기가 풍기는 그윽한 숨결까지.

글래머인 민영의 육체는 젊은 태수를 자극하고 있다.

민영은 태수의 그것이 묵직하게 자신의 하체를 찌르는 것을 알 텐데도 가만히 있다.

어쩌면 이미 두 사람은 그 선까지는 서로 용인하는 사이가 됐는지도 모른다.

베이징 선수촌 태수의 방에서 그 일이 있고 나서 두 사람의 몸이 만난 것은 이번이 처음이다.

슥―

"고마워."

민영이 입술과 몸을 떼며 긴 속눈썹 아래 빛나는 눈동자로 태수를 바라보며 풀잎이 스치듯 사근거리는 목소리로 말했다.

"뭐가?"

"날 밀어내지 않아서."

민영은 돌아서서 문으로 걸어갔다.

또각또각…….

미니스커트를 입은 탱탱한 민영의 히프가 좌우로 물결처럼 흔들렸다.

태수는 민영의 히프를 보고 있다가 스스로 깜짝 놀라서 얼른 시선을 거두었다.

9월 24일 타라스포츠 마라톤팀은 독일 베를린에 입성했다.

선수로는 태수와 신나라, 손주열 3명이고, 운영진으로 민영과 심윤복 감독, 나순덕, 고승연 등 7명 총 10명이다.

제21장
베를린

태수를 비롯한 타라스포츠 육상팀은 베를린마라톤대회 주최 측이 제공한 하얏트호텔에 여장을 풀었다.

　베를린의 9월 말은 화창하고 기온은 섭씨 17도 정도로 약간 선선한 날씨다.

　인천공항을 출발하여 베를린으로 직행하는 비행기 일등석 내에서 푹 잠을 잤던 태수는 호텔에서 밤잠을 설쳤다.

　잠을 설친 이유는 그것 때문만은 아니다. 원래 어딘가에 눕기만 하면 잠이 드는 태수지만 마침내 베를린에 왔으며 이곳에서 뭔가를 이루어야 한다는 긴장감과 중압감 때문에 마음이 심란해서 잠이 들지 않았다.

대회를 이틀 앞둔 9월 25일.

아침 식사 후에 주최 측인 BMW에서 제공한 신형 X5 7인승에 심융복 감독과 태수, 신나라, 손주열, 고승연이 타고 베를린마라톤대회 코스를 답사하기로 했다.

민영이 같이 가려고 부리나케 로비에 내려와서 태수 일행을 발견하고는 안도의 한숨을 내쉬었다.

그런데 태수는 로비에서 현관으로 걸어가다가 낯익은 아프리카계 여자를 발견했다.

아디다스 트레이닝복 차림이며 매우 젊다 못해서 어리게 보이는 아프리카, 아니, 중동 쪽에 가까운 인종의 여자는 태수와 시선이 마주치자 흥미 있는 표정을 잠깐 지었을 뿐 곧 얼굴을 돌렸다.

어디에서 보긴 했는데 태수는 그녀가 누군지 도무지 기억이 나지 않았다.

더구나 아프리카계 인종은 다 비슷한 용모여서 그 사람이 그 사람 같다.

"선배님, 저 여자 디바바하고 닮았죠?"

그때 항상 그림자처럼 태수하고 붙어 다니는 신나라가 그 여자를 보면서 속삭였다.

"아……."

태수는 그제야 아프리카계 여자가 티루네시 디바바하고 많이 닮았다는 사실을 깨달았다.

하지만 태수가 알고 있기로는 디바바는 언니인 에제가예후 디바바와 동생 티루네시 디바바 2명이다.

"헤이! 윈드 마스터! 원더걸!"

그때 누군가의 명랑한 외침이 들려서 그쪽을 쳐다보니 티루네시 디바바가 이쪽으로 걸어오며 손을 흔들고 있다.

디바바는 다가와서 태수와 가볍게 포옹을 하고 뺨을 대고는 다시 신나라하고 포옹을 했다.

태수는 지난달 베이징세계육상선수권대회에서 디바바를 만나서 친해지고 나서 이곳 베를린에서 다시 만나니까 감회가 새로웠다.

조금 전에 신나라가 디바바하고 닮았다고 말했던 아프리카계 여자가 디바바에게 다가와 옆에 섰다.

디바바는 자신과 닮은 여자를 태수 등에게 소개했다.

"마이 카즌, 마레 디바바."

"아······."

디바바가 그녀를 자기 사촌이라고 소개하고서야 태수는 두 사람이 왜 닮았는지 알게 되었다.

디바바, 그러니까 티루네시 디바바의 말에 의하면 사촌 마레 디바바도 이번 베를린마라톤대회에 참가한다는 것이다.

개인적으로 티루네시 디바바를 처음 보는 민영과 심윤복 감독은 태수의 소개로 그녀와 인사를 나누었다.

민영은 티루네시 디바바와 잠시 할 말이 있다면서 한쪽으로 가서 대화를 했다.

태수가 처다보니까 주로 민영이 유창한 영어로 말하고 대화가 끝날 무렵에는 민영이 티루네시 디바바에게 자신의 명함을 건네주었다.

베를린마라톤대회 출발지인 브란덴부르크로 향하는 차 안에서 심윤복 감독이 마레 디바바에 대해서 설명했다.

"이번 대회 여자부에서는 마레 디바바가 우승후보 0순위 중에 한 명이야."

"작년 시카고마라톤대회에서 2위 했었죠?"

민영이 아는 체를 했다.

두 번째 좌석에 태수를 가운데 두고 좌우에 민영과 고승연이 앉아 있고, 맨 뒷줄인 3열에 간이 좌석을 세우고 신나라와 손주열이 앉아 있다.

조수석의 심윤복 감독이 뒤돌아보면서 대답했다.

"마레가 우승하는 걸로 바뀌었어요."

"왜요?"

"그 대회 우승자인 케냐의 리타 젭투가 금지 약물 중에 하나인 EPO(Erythropoietin)을 복용한 사실이 드러나서 우승 자격이 박탈당하고 향후 2년 동안 육상대회에 참가하지 못하는 징계를 받았어요."

"아… 그런 일이 있었군요."

"리타 젭투는 작년 시카고마라톤대회에서 15만 달러의 상금을 받았으며 이후 여러 대회에 출전하여 우승이나 2위를 했었는데 그것들도 다 박탈당했다는군요. 그래서 상금으로 받은 우리 돈으로 50억 원이 넘는 돈을 모두 다 토해내야 한답니다."

"왜 그렇죠? 그녀가 그 대회들에서도 금지 약물을 복용했었나요?"

"그런 건 아니지만 IAAF의 규정상 금지 약물을 복용한 대회 이후에 리타 젭투가 출전한 모든 대회까지 징계를 소급적용하는 거요."

"그렇군요."

민영은 고개를 끄떡이다가 반색했다.

"아… 그럼 이번 대회에 리타 젭투는 참가하지 않는군요. 나라에겐 다행한 일이에요."

"이번 대회 0순위 중에서도 1순위였던 리타 젭투가 불참하는 건 나라에겐 행운이지요."

심윤복 감독은 시선을 앞으로 하고 맨 뒤쪽의 신나라 들으라고 목소리를 조금 높였다.

"리타 젭투가 불참했더라도 쟁쟁한 여자 선수가 많이 참가했어요."

"어떤 선수들이죠?"

바빠서 자료를 챙겨보지 못한 민영이 물었다. 그녀는 이번 대회에서 신나라의 입상을 내심 기대하고 있다.

"아까 봤던 마레 디바바와 플로렌스 키플라가트, 티키 겔라나, 아셀레페치 메르지아 같은 아프리카계 선수들인데 하나같이 2시간 18~19분대 선수들이요."

민영은 씁쓸한 표정을 지었다.

"나라는 2시간 27분이니까 그 선수들하고는 거의 8~9분의 차이가 나는군요."

"베를린대회의 초청을 받은 여자 선수가 모두 17명인데 그들은 모두 2시간 18분에서 24분까지이며 그들 중에는 비아프리카계 선수가 6명 있습니다."

"누구죠?"

아프리카계, 즉 케냐와 에티오피아 선수가 아니면서도 베를린마라톤대회에 공식 초청을 받았다면 대단한 선수다.

"러시아의 릴리야 쇼부코바, 중국의 왕지아라이, 이탈리아의 발레리아 스트라디오, 그리고 일본 선수가 2명인데 시게모토 리사와 기자키 료코예요."

민영은 놀라는 표정을 지었다.

"중국의 왕지아라이는 지난번 베이징세계육상선수권대회 마라톤에서 2위를 한 선수로군요. 그런데 일본 선수가 2명이나 초청을 받았다니 뜻밖이에요."

참고로 대한민국은 단 한 명의 여자 선수도 초청을 받지 못했다.

그래서 개인 자격으로 참가비를 내고 타라스포츠에서 신나라가 한 명, 그리고 대한민국 국가대표 3명의 여전사가 이번 대회에 출사표를 던졌다.

"비아프리카계 선수들 개인 최고기록은 2시간 21분~24분입니다."

"이번 대회에서 그들 러시아나 동양 선수들이 돌풍을 일으킬 가능성은 희박하군요."

"그렇다고 봐야지요."

신나라와 손주열은 아무 말도 하지 않고 차창 밖만 바라보고 있다.

"이번에 참가한 엘리트 여자 선수는 모두 147명인데 그중에서 나라의 기록은 32번째예요."

신나라의 기록이 32번째라고 해서 이번 대회에서 반드시 32위를 하라는 법은 없지만 기록은 괜히 있는 게 아니다.

태수 일행은 베를린 시내 마라톤 코스 답사를 마치고 정오 전에 호텔로 돌아왔다.

심윤복 감독은 순전히 베를린마라톤대회에 참가하는 선수의 코치나 감독의 신분으로 이곳에 올해로 4번째 왔기 때문에 코스에 대해서는 잘 분석하고 있다.

"베를린마라톤대회가 '신기록의 산실'인 데에는 여러 이유가 있지만 그중에서도 평탄한 코스가 큰 몫을 한다."

객실 소파에 둘러앉았거나 서 있는 사람들을 보면서 심윤복 감독의 설명이 이어졌다.

"베를린대회 코스는 거의 전 구간이 평지로 이루어졌다. 고도가 가장 높은 구간이 53m고 가장 낮은 곳이 37m니까 평지나 다름이 없다."

심윤복 감독은 두툼한 자료철을 테이블에 펼치고 넘기면서 말을 이었다.

"태수 최고기록이 2시간 5분 44초인데 이번에 참가한 선수 중에서 23번째다."

태수 옆에 앉은 민영이 약간 어이없다는 표정을 지었다.

"태수 오빠 세계 랭킹이 25위인데 이번 대회에서 23번째 기록이라면 이번 대회에 세계 랭킹 1위부터 22위까지 거의 다 참가했다는 얘기잖아요."

"그렇습니다. 작년 2014년 베를린에서 2시간 2분 57초로 세계 신기록을 세운 데니스 키메토는 물론이고, 그 전해인 2013년에 2시간 3분 23초로 세계기록을 세웠던 윌슨 킵상, 그리고 2011년 2시간 3분 38초의 신기록 보유자 페트릭 마카우까지 다 모였습니다."

"전부 2분에서 3분대로군요."

"2008년에 하일레 게브르셀라시에가 2시간 3분 59초로 4분대의 벽을 깬 이후 3년 동안 그 기록이 깨지지 않았습니다. 그런데 이제는 메이저 대회에서 2시간 3분대 아니면 명함도 내밀지 못합니다."

"휴우……."

민영은 자기도 모르게 절로 한숨이 나왔다가 심각한 표정의 태수를 보고는 얼른 사과했다.

"미안 오빠."

그렇지만 태수는 골똘히 생각에 잠겨 있느라 민영의 한숨도 사과도 듣지 못했다.

태수가 그렇게 진지한 모습을 짓고 있는 건 처음 보는 민영은 태수가 이 대회를 얼마나 중요하게 생각하고 있는지 새삼 깨달았다.

"더구나 베를린은 런던 코스처럼 코너도 많지 않은 직선주로가 대부분이다. 또한 런던 코스는 템즈 강변이어서 강바람이 거센데 여긴 그런 게 없어서 최상의 코스다. 그렇다는 것은 태수나 주열이, 나라에게도 유리하지만 다른 선수에게도 유리하게 작용할 거라는 뜻이다."

심윤복 감독이나 신나라, 손주열의 표정도 태수 못지않게 진지했다.

"너희에게 승부욕을 일으키기 위해서 한 가지 사실만 더 말해주겠다."

심윤복 감독은 자료를 뒤적이다가 한 장을 뽑아냈다.

"베를린마라톤대회 주최 측은 작년에 세계기록을 경신한 데니스 키메토를 부르는 데 초청비를 15만유로, 윌슨 킵상과 패트릭 마카우에게는 각각 10만유로를 지불했다. 그런데 태수는 한 푼도 받지 못했다. 그냥 왕복 항공료와 체류비 정도를 받았을 뿐이야."

갑자기 분위기가 찬물을 끼얹은 것 같아졌다.

"점심 먹고 2시간 휴식 취한 후에 트랙에 나가서 최종 점검을 해보자. 너희들 컨디션을 점검하고 나서 내일 최종적으로 작전을 짜야겠다."

심윤복 감독은 맞은편에 앉은 태수를 똑바로 쳐다보았다.

"태수야."

"네."

"이번에는 무조건 내가 짜준 작전대로 해라. 알았지?"

"알겠습니다."

지금까지 태수는 마라톤대회에 나갈 때마다 상황에 따라서 임기응변을 발휘했었다.

그건 작전이라고도 할 수 없는 정말 피곤한 전쟁, 아니, 전투 같은 일이었다.

그리고 꽤 많은 운이 따라주었으며 또한 그렇게 한 번 뛰고 나면 기진맥진 완전히 파김치가 됐었다.

그래서 뛸 때마다 태수는 이런 식으로 뛰어서는 안 된다고, 이러다간 골병 든다고, 이런 건 이번 한 번만 통할 거라고 수 없이 생각했었다.

베를린마라톤대회는 세계의 강자들이 한 치의 양보도 없이 실력을 겨루는 진검 승부 전쟁터다.

이런 곳에서 이기려면, 아니, 최상의 성적을 거두려면 얄팍한 임기응변이 아닌 정공법으로 나가야 한다.

숙소인 하얏트호텔에서 그리 멀지 않은 대학교의 실외 육상트랙에 태수와 신나라, 손주열, 그리고 심윤복 감독이 서 있고 트랙 바깥쪽에 민영, 고승연이 서 있다.

짝짝짝―

"5㎞만 뛰자! 처음엔 4분 페이스다! 출발!"

심윤복 감독이 손뼉을 치면서 외쳤다.

타타타탁탁―

신나라가 안쪽에서, 그다음 태수, 바깥쪽에 손주열이 나란히 스타트를 했다.

태수와 신나라는 거의 완벽한 원마주법으로, 손주열은 예전의 주법, 즉 미드풋 착지인 피치주법으로 편안하게 트랙을 돌았다.

1랩을 거의 돌았을 때 심윤복 감독이 스톱워치를 손에 쥐고 소리쳤다.

"지금부터 3㎞ 이븐 페이스로 달린다!"

태수 등은 스타팅라인을 지나자마자 스퍼트를 시작했다.

탁탁탁탁탁―

이븐 페이스는 마라톤 풀코스를 스타트부터 골인까지 줄곧 달리는 고른 속도를 말한다.

세 사람은 1랩부터 거리가 벌어졌다. 태수가 가장 앞서 나가고 그다음 손주열, 신나라는 뒤로 처졌다.

태수가 달리는 모습, 동작을 보면서 심윤복 감독과 민영의 눈이 빛났다.

"감독님, 오빠가 뛰는 거 플랫주법인가요?"

민영이 트랙을 가로질러 심윤복 감독에게 다가오면서도 태수에게서 시선을 떼지 않고 물었다.

민영은 태수가 새로 개발한 주법, 즉 원마주법에 대해서 모르고 있다.

그녀는 마라톤을 광적으로 좋아해서 특별한 일이 없으면 매주 일요일 전국 마라톤대회에 참가하여 직접 몸으로 뛰고 즐길 정도였다.

그뿐만 아니라 틈만 나면 마라톤에 대한 지식을 쌓는 것을 게을리하지 않았다. 그녀가 플랫주법을 알고 있는 것만 봐도 그렇다.

"내가 보기엔 플랫주법 말고도 몇 가지 주법의 장점들이 섞인 태수의 새로운 주법 같습니다."

심윤복 감독은 가깝게 달려오고 있는 태수의 다리를 손으로 가리켰다.

"저거 보십시오. 보폭이 예전에 비해 조금 커진 것 같지 않습니까?"

"잘 모르겠어요."

민영이 보기에 태수의 스트라이드는 예전이나 지금이나 변함이 없는 것 같았다.

다만 피치가 빨라졌기 때문에 태수가 플랫주법으로 바꾼 게 아닌가 하고 짐작했던 것이다.

심윤복 감독은 태수가 스타팅라인을 지나가고 10m 뒤에 손주열이 뒤따르는 것을 보면서 설명했다.

"지금 태수의 스트라이드는 원래보다 15cm 정도 커졌습니다. 정확하게 재보면 알겠지만 거의 분명할 겁니다."

그는 태수가 베이징세계육상선수권대회 마라톤에서 이른 페이스로 달렸을 때 보폭이 170㎝였던 것을 잘 기억하고 있었다.

"거기에 플랫주법을 구사하니까 피치가 빨라져서 현재 분당 주행회수가 195회입니다. 베이징 때보다 무려 20회나 많아졌습니다."

민영이 곰곰이 계산을 했다.

"그렇다면 예전보다 분당 3m를 더 달리게 되고 2시간을 계산하면……."

민영은 심윤복 감독의 스톱워치를 들여다보았다.

"지금 오빠 초속이 얼마로 나와요?"

"시속 20.25㎞/h. 초속 5.63m/s입니다."

민영은 휴대폰을 꺼내서 계산했다.

"풀코스 2시간을 뛰었을 때 360m를 더 가니까 시간으로는 약 1분 4초를 벌게 돼요."

민영의 얼굴에 화색이 돌았다.

"그것만 해도 오빠는 2시간 4분 40초가 돼요."

"그렇습니까?"

"거기에서 마지막 스퍼트를 잘해서 40초 이상을 줄이면 2시간 3분대 진입도 가능할 거예요."

심윤복 감독은 진지한 표정을 지었다.

"마지막 스퍼트라는 것은 km당 3분 이상의 이븐 페이스로 줄곧 달려서 힘을 비축했을 때 가능한 얘깁니다."

"그렇겠죠."

"데니스 키메토는 스타트부터 골인까지 거의 고르게 km당 2분 55초 페이스를 유지했어요. 마지막 1km를 남겨두고 에마뉴엘 무타이를 따돌리기 위해서 스퍼트를 했지만 그때도 km당 2분 50초의 스피드였습니다. 그러니까 데니스 키메토는 줄곧 km당 2분 55초 페이스로 달렸고 마지막 1km에서 5초를 당긴 겁니다."

심윤복 감독의 말인즉 km당 3분보다 빠른 속도로 달리면 마지막 스퍼트를 할 여력이 남아 있지 않다는 것이다.

"그러니까 태수가 새로운 주법으로 줄일 수 있는 시간은 1분에서 1분 20초까지일 겁니다."

"그렇군요."

"그것도 km당 2분 57초 페이스를 처음부터 끝까지 유지했을 때 가능합니다."

민영은 입을 다물었다. 말이 쉬워서 km당 2분 57초이지 실제 그런 속도로 2시간 넘게 42.195km를 달리려면 초인적인 능력이 필요하다.

대한민국에서 엘리트 선수를 제외하고 마스터즈 여자로 섭쓰리(Sub-3:마라톤풀코스를 3시간 이내에 뛰는 것)를 달성한 사람은 10명 내외다. 거기에 민영도 속한다. 그녀의 최고기록은 2014년 서울 광화문에서 스타트하는 서울국제동아마라톤에서 세운 2시간 56분 17초의 기록이다.

타타타탁탁탁—

태수가 제일 먼저 골인했다.

스톱워치를 누른 심윤복 감독은 호흡이 조금도 거칠어지지 않은 태수를 보면서 알려주었다.

"8분 53초다."

3km를 km당 약 2분 58초로 뛰었다는 얘기다. 그렇게 풀코스를 뛰면 2시간 5분 20초 정도의 기록이다.

태수의 종전 기록을 24초쯤 줄이는 것으로 만족해야 하고 입상권하고는 거리가 멀다.

그렇지만 심윤복 감독은 태수가 전력으로 달리지 않았다는 사실을 그의 얼굴만 보고도 알았다.

잠시 후에 손주열과 신나라가 차례로 들어왔다.

손주열은 3km를 9분 13초에 뛰었으며 km당 3분 5초의 페이스다.

신나라는 3km를 10분 15초에 뛰었고 km당 3분 25초의 페이스였다.

"주열이 넌 오히려 1분 늦은 페이스고 나라는 2분 빠른 페이스다."

심윤복 감독은 스톱워치를 보면서 손주열과 신나라에게 말해주었다.

말하자면 손주열이 ㎞당 3분 5초 페이스로 뛰면 풀코스에서 2시간 10분대이므로 그의 종전 기록인 2시간 9분보다 오히려 1분 늦는다.

그리고 신나라는 ㎞당 3분 25초의 페이스니까 풀코스를 뛰면 2시간 25분으로 종전 2시간 27분보다 2분 단축한다는 얘기다.

이것은 윈마주법으로 뛰면 시간이 단축된다는 사실을 여실히 보여주는 증거다.

"오빠 주법이 바뀐 거 같아."

민영이 태수의 얼굴과 어깨의 땀을 닦아주면서 말하니까 신나라가 대신 대답했다.

"선배님께서 개발한 윈마주법이에요."

"윈마주법?"

"윈드 마스터주법이요."

"아……."

태수 일행이 트랙 바깥 벤치에서 입고 있던 복장에 트레이닝복을 걸치고 있는데 다른 선수들이 입구를 통해서 안으로 들어오고 있었다.

그런데 그들 중에 트레이닝복을 입은 두 사람이 태수 쪽으로 나란히 달려오더니 꾸벅 허리를 굽히며 인사를 했다.

"Glad to see you again."

"곤니찌와."

두 사람은 일본의 이마이 마사토와 시민 러너 가와우치 유키였다.

"미스터 이마이, 미스터 가와우치, 나이스 투 씨 유."

태수는 두 사람과 악수를 하면서 반갑게 인사했다.

예전에 태수는 이마이 마사토와 가와우치 유키를 어떻게든 이기려고 기를 썼었는데 이제 두 사람은 태수의 상대가 되지 않는다.

호주 골드코스트마라톤부터 북해도마라톤대회, 베이징세계육상선수권대회 마라톤까지 3번 경쟁했으나 모두 태수가 우승을 차지했었다.

더구나 태수는 한 번 우승할 때마다 기록을 갈아치우면서 세계적 스타로 점차 발돋움을 하고 있지만, 이마이 마사토와 가와우치 유키는 제자리걸음만 하고 있는 중이다.

태수가 정상을 향해서 한 계단씩 오르고 있다면, 이마이와 가와우치는 계단 역할을 해준 사람들이다.

태수로선 전혀 생각하지 않았었는데 이마이와 가와우치도 베를린마라톤대회에 참가하러 온 모양이다.

민영이 아마이에게 일본에서는 몇 명이나 참가했느냐고 물어보니까 가와우치가 불쑥 나서서 150명 정도가 참가했다고 대답했다.

"와타시와 민영상노 환데스. 다이스키데스."

"아리가또."

아프로디테는 물론이고 민영의 인기는 일본에서 최고다. 민영이 일본 나리타공항에 입국하려면 공항이 마비될 정도니까 가와우치가 민영을 보고 설레발을 피우는 것도 이상한 일이 아니다.

이마이와 가와우치는 민영과 악수하고 사인을 받더니 휴대폰으로 인증샷까지 찍고는 아쉽다는 듯 발길을 돌렸다.

"저 친구들 나 보려고 온 게 아니라 민영이 때문에 온 거였군?"

태수가 멋쩍게 웃는데 저만치에서 일본팀들이 이쪽으로 우르르 몰려오려는 움직임이 보였다.

"나 먼저 갈게요."

그걸 보고는 민영이 서둘러서 차를 주차시켜 놓은 곳으로 뛰어갔다.

태수가 이번 베를린마라톤대회에 참가한 선수들에 대한 자료를 보면서 분석하는 것을 본 심윤복 감독은 더 이상 분석하지 말라고 얘기했다.

그러면서 지금은 아무 생각도 하지 말고 그냥 푹 쉬다가 자기가 작전을 짜주면 대회 당일 날 그대로 충실하게 뛰기만 하라는 것이다.

태수는 심윤복 감독의 말에 따르기로 했다. 대회는 이틀 앞으로 다가왔는데 이제 와서 다른 선수들 분석이네 뭐네 자료들여다봐야 머리만 지끈거린다.

베를린에 먼저 와 있던 타라스포츠 직원들이 호텔로 찾아와서 잠정 총괄본부장 민영을 모시고 나갔다.

타라스포츠는 해외 진출을 추진하고 있는데 일본 도쿄점과 중국 베이징점, 상하이점에 이어서 베를린점을 오픈하려고 타라스포츠 직원 몇 명이 베를린에 한 달 먼저 와서 이것저것 준비하고 있었다.

신나라는 낮잠이 들었고 손주열은 살 게 있다고 나갔는데 아무래도 그 녀석은 한국에서 온 여자 대표선수 중에 한 사람을 만나러 간 것 같다.

자세히 물어보지는 않았지만 손주열이 국가대표 마라톤 여자 선수하고 사귄다는 말을 들은 것 같았다.

태수는 저녁 식사 시간이 다 되고 해서 한식이라도 먹으려고 호텔을 나섰다.

호텔 도어맨이 잡아주는 택시에 타고 기사에게 한식당 주소가 적힌 메모를 보여주니까 털보 기사는 "캐넌! 캐넌!" 하면서 고개를 끄덕였다.

뒷자리에 앉은 태수는 줄곧 창밖을 내다보았고 당연히 따라나온 고승연은 반대쪽 창밖을 응시하고 있다.

태수가 내다보고 있는 쪽에는 잘 정돈된 아름다운 강이 길게 이어지고 있었다.

털보 기사가 너무 조용해서 심심했는지 룸미러로 태수를 보면서 말을 붙였다.

"후르스 슈프리."

그러면서 자꾸 독일어로 뭐라고 말을 붙이는데 무슨 말인지 알아듣지 못하는 태수는 미소를 지으면서 그저 고개만 끄떡거렸다. 지금 태수가 보고 있는 강이 슈프레강이라는 설명인데 태수로서는 알아들을 리가 없다.

그러자 보고 있던 고승연이 냉랭한 얼굴로 짧게 한마디 했다.

"샷업!"

그러자 털보 기사는 머쓱한 표정을 짓더니 그때부터 아무 말도 하지 않았다.

택시가 내려준 곳은 호텔에서 택시로 20분 거리에 있는 '한옥'이라는 이름의 한식당이었다.

"앉아요."

멀뚱하게 서 있는 고승연을 맞은편 자리에 앉히고 나니까 한복을 곱게 차려입은 아주머니 한 분이 주문을 받으러 왔다.

"베스테일런."

"여기 뭐 잘합니까?"

"어머? 한국분이시네?"

"네. 맛있는 걸로 주세요."

태수가 아주머니에게 주문을 맡기고 얼마 있지 않아서 전식으로 김치전과 양념 치킨이 나오고, 그다음에는 닭고기 육개장과 돼지고기 수육, 오징어무침과 밥이 나왔다.

"막걸리 한잔하실라우?"

웃으면 눈이 보이지 않는 아주머니는 초록색 막걸리병을 흔들어 보였다.

"생탁입니까?"

"옴마? 부산 사람이에요? 생탁을 한눈에 알아보고."

중요한 대회를 앞두고 술을 마시면 안 되지만 생탁 막걸리 한 병으로 태수와 고승연, 그리고 아주머니까지 3명이 한 잔씩 마셨다.

태수와 고승연이 잘 먹고 한식당을 나서는데 아주머니가 따라 나오며 당부했다.

"내일은 오지 마세요."

"왜요?"

"내일 아침에 베를린마라톤을 하는데 한국 선수들 응원하러 갈 거예요."

"가게 문을 닫고 응원하러 가신다는 겁니까?"

"그게 대수예요? 대한민국의 윈드 마스터 한태수 선수가 우승만 하면 한 달 내내 문 닫아도 상관없어요."

태수는 잘 먹고 마음이 훈훈해져서 호텔로 돌아왔다.

드디어 세계 최대 규모를 자랑하는 베를린마라톤대회의 날이 밝았다.

태수 일행은 제42회 베를린마라톤대회 출발지인 운터덴린덴가의 브란덴부르크 문으로 향했다.

차를 주차시키고 걸어서 브란덴부르크 문 앞으로 걸어가는데 윤미소가 한쪽 방향을 가리키며 설명했다.

"저쪽에 동서베를린장벽이 서 있었대. 베를린장벽이 무너진 것처럼 우리나라도 어느 날 갑자기 휴전선이 무너졌으면 좋겠어."

일행은 브란덴부르크 문 앞에 나란히 섰다. 태수는 이것이 단지 개선문이라고만 알고 있다.

"이 문은 카를 G 랑간스가 아테네의 아크로폴리스 프로필

라에를 본떠서 1788년~1791년에 세웠대."

윤미소는 브란덴부르크 문 위에 세워져 있는 4마리 말이 끄는 이륜마차, 즉 전차 조각상을 가리켰다.

"저게 바로 그 유명한 '승리의 콰드리가'야."

민영이 태수를 보면서 두 손을 모아 가슴 앞에 세우고 기도하듯이 말했다.

"이제 몇 시간 후면 오빠가 5만 7천 명의 선수 중에서 제일 먼저 브란덴부르크 문을 통과할 거야."

민영은 두 손을 모아 마차 위에 타고 있는 여인을 향해 뻗으며 기도했다.

"브라운슈바이크의 여신 브루노니아(Brunonia)여! 베를린의 정기를 오빠에게 내려주세요!"

제22장
승리의 콰드리가

출발 30분 전. 브란덴부르크에서 400m쯤 떨어진 출발선 근처는 참가자들로 인산인해를 이루고 있다.

겉옷을 벗은 태수와 신나라, 손주열은 타라스포츠 로고가 선명하고도 멋있게 새겨진 팬츠와 싱글렛, 선글라스를 끼고 최종 점검에 나섰다.

태수의 배번호는 23번이다. 23이라는 것은 이번 대회 남자 선수 중에서 태수의 기록이 23번째라는 뜻이다.

신나라는 32번, 손주열은 256번이다. 2시간 9분대의 손주열이 256번이라는 건 2시간 2분에서 9분까지 사이에 거의 300여 명의 선수가 망라되어 있다는 뜻이다. 과연 마라톤의 세계는 엄청나다.

태수 등은 제일 먼저 휠체어부문 선수들이 출발하는 것을 보고 나서 출발선 바로 옆에 있는 공원으로 향했다.

공원 중앙은 드넓은 잔디밭이고 분수대도 있으며 가장자리는 밀림을 연상하게 할 정도로 숲이 우거졌다.

잔디밭이나 숲 할 것 없이 참가자들로 인산인해를 이루고 있는 광경이다.

잔디밭이나 숲에는 수백 개의 텐트가 쳐져 있다. 참가자 중에 상당수가 며칠 전부터 이곳에 텐트를 쳐놓고 숙식을 한 것이다.

텐트 옆에는 아침 이른 시간인데도 남녀가 거의 누드나 다름 없는 차림으로 일광욕을 즐기거나 돌아다니고 있다. 그들은 참가자들의 동행으로 세계 마라톤의 순례자들이다.

작금의 베를린마라톤대회는 마라톤의 성지로 부상해 있는 실정이다.

2007년 이후 하일레 게브르셀라시에를 필두로 작년 2014년 데니스 키메토에 이르기까지 마라톤 세계기록을 5차례나 갈아치웠으므로 마라토너라면 죽기 전에 반드시 한 번은 뛰어봐야 하는 순례의 성지로 자리매김을 한 것이다.

잔디밭에는 사람이 하도 많아서 태수 등은 울창한 숲 사이를 천천히 조깅하면서 몸을 데웠다.

사박사박사박……

세 사람이 무성한 풀을 밟는 소리가 상쾌하다.

태수 일행만이 아니라 많은 선수가 숲 사이를 이리저리 달리면서 몸을 예열하고 있는 모습이 보였다.

"앗!"

태수 옆에서 나란히 달리던 신나라가 갑자기 낮은 비명을 지르면서 멈칫하더니 태수의 팔을 붙잡았다.

태수도 신나라가 보고 놀란 광경을 거의 동시에 보고서 놀라 걸음을 멈추었다.

태수 등이 막 지난 넝쿨 뒤쪽에서 한 여자가 웅크리고 앉아 있는데 허연 궁둥이를 다 까고 볼일을 보고 있는 중이다. 힘을 주고 있는 표정이 얼굴에 역력하게 떠올라 있다.

위에 싱글렛을 입고 배번호를 부착한 걸로 봐서는 대회 참가자인 것 같았다.

여자는 태수 등과 시선이 마주쳤는데도 놀라거나 당황하지 않고 늠름하게 자신의 성스러운 볼일을 계속 치르고 있었다. 오히려 당황한 사람은 태수 등이다.

그런데 그런 모습은 그 여자 하나만이 아니다. 숲 여기저기에서 남녀들이 궁둥이를 까고 대변을 보고 있었다.

어떤 사람은 남녀가 가까운 거리에 앉아 대변을 보면서 대화를 주고받는데 인사말을 나누는 걸로 미루어 생면부지 모르는 사이인 것 같았다.

그러고 보니까 숲에서는 구린내가 진동하는 것 같아서 태수 등은 식겁해서 급히 숲을 벗어나 잔디밭으로 나왔다.

출발선 쪽으로 다시 돌아온 태수 등은 그제야 어찌 된 영문인지 알게 되었다.

출발선 안쪽에는 수백 개의 간이화장실이 끝이 보이지 않을 정도로 길게 설치되어 있지만 참가자가 8만 명에 육박하는 터라서 턱없이 부족한 상황이다. 게다가 참가자의 가족이나 동행까지 치면 수십만 명이 될 터이다.

사람은 먹으면 배설해야 한다. 더구나 마라톤을 뛰는 중에 변의를 느끼면 곤란하니까 미리 비워두는 것은 상식이다. 그런데 화장실이 턱없이 부족하니까 으슥한 공원 숲에서라도 급한 대로 볼일을 보는 것이다.

참가자들이 공원 아무 데서나 볼일을 보는데도 진행요원들이 제지하지 않는 걸로 봐서는 아무래도 주최 측에서 화장실이 모자라다는 사실을 인정하는 모양이다.

휠체어부문에 이어서 인라인부문이 출발하고 그다음이 정식 마라톤대회 출발이다.

베를린마라톤대회는 엘리트 남녀 선수들이 한데 뒤섞여서 출발하고 그 뒤를 이어서 곧장 마스터즈 수만 명이 한꺼번에 쏟아져 나가는 장관을 연출한다.

출발선 옆 높은 단상에서 BMW 관계자가 독일어로 뭐라고 연설을 하고 있다.

단상에 십여 명이 죽 늘어서 있는데 태수가 보니까 낯익은 얼굴이 보였다. 중장거리의 전설적인 인물 하일레 게브르셀라시에다.

그는 2008년에 바로 이곳 베를린에서 2시간 4분대의 벽을 최초로 깬 위대한 인물이다. 그에 대해서 새삼 설명하는 것은 시간낭비다.

태수는 하일레 게브르셀라시에를 보면서 가슴이 뜨거워졌다. 나도 저 사람처럼 위대한 인물이 되고 싶다는 열망이 가슴 밑바닥부터 솟구쳐 올랐다.

사회자가 선수들을 한 명씩 소개하기 시작했다.

당연한 얘기지만 제일 먼저 데니스 키메토가 소개되었다.

30세의 젊은 데니스 키메토는 케냐의 농부였다가 마라톤에 입문했다.

그렇다고 어느 날 갑자기 베를린마라톤대회에서 세계 신기록을 수립한 것은 아니다.

그는 수년에 걸쳐서 하프마라톤에 여러 차례 출전하여 우승을 했으며, 그때의 최고기록은 59분 14초로 태수의 세계기록 58분 23초에는 51초 모자라다.

이후 그는 2012년 베를린마라톤대회에서 2시간 4분 16초를 기록하여 4분대에 진입했으며, 다음 해 2013년 시카고마라톤대회에서 2시간 3분 45초로 마침내 3분대에 진입, 결국 작년에 2시간 2분 57초를 기록하여 세계에서 가장 빠른 마라토너에 등극했다.

그러니까 세상일이란 어느 날 갑자기 신데렐라라는 건 없는 법이다.

두 번째로 소개된 사람은 엠마뉴엘 무타이다. 이 선수처럼 불운한 사람이 또 있을까.

작년 2014년 베를린마라톤대회에서 데니스 키메토가 없었더라면 영광스러운 우승, 그것도 세계 신기록을 경신하여 스포트라이트와 영광, 부를 한꺼번에 거머쥐는 행운을 누렸을 안타까운 인물이다.

그 당시 엠마뉴엘 무타이는 마지막까지 데니스 키메토와 우승을 다투다가 막판 스퍼트에서 아쉽게 2위를 했다.

그때의 기록은 2시간 3분 13초로 종전 세계기록보다 13초 빠른 기록이었다.

3번째로 2013년 세계기록 보유자였던 윌슨 킵상과 2012년 세계기록을 낸 패트릭 마카우가 차례로 소개됐다.

이후 대여섯 명의 세계적 선수가 더 소개되었으나 태수의 이름은 호명되지 않았다.

거기에서 태수는 묘한 열등감과 승부욕을 맛보았으나 마음에 오래 담아두지는 않았다.

이윽고 선수들이 출발선에 섰다.

태수는 2열에서 각오를 다지면서 심호흡을 했다.

그의 이번 대회 목표는 2시간 3분대 진입이다. 괜히 언감생심 우승을 노렸다가는 오버 페이스를 하게 되어 죽도 밥도 안 될 수 있다.

현재 태수의 세계랭킹이 25위지만 3분대에 진입하기만 하면 10위 안으로 껑충 뛸 것이다.

마라톤 세계 10위면 대접이 달라진다. 하지만 굳이 대접을 받으려고 3분대를 노리는 건 아니다. 최종 목표인 마라톤 세계기록 경신을 위해서는 우선 3분대에 진입을 해둬야 하기 때문이다.

심윤복 감독의 작전은 간단하고도 명쾌하다. 절대로 1위 그룹에서 떨어지지 말라는 것이다.

아마도 1위 그룹은 세계적 스타들 데니스 키메토와 엠마뉴엘 무타이, 윌슨 킵상, 패트릭 마카우 등이 이룰 것이다.

그리고 어쩌면 이름이 알려지지 않은 다크호스들이 혜성처럼 등장하여 베를린마라톤대회를 또 한바탕 발칵 뒤집어엎을 지도 모른다.

어쨌든 심윤복 감독의 작전은 태수가 1위 그룹에 속해서 끝까지 달려주기만 한다면 2시간 3분대 진입은 무난하고 최소한 5위 이내를 기록할 수 있다는 것이다.

보통 여자 선수들은 3, 4열에 물러나 있지만 신나라는 악착같이 태수 옆에 붙어 있다.

신나라는 태수가 어제 입고 벗어준 팬티를 안에 입고 있다.

태수도 신나라도 거기에 대해서는 이제 아무렇지도 않다.

심윤복 감독은 신나라와 손주열의 작전도 짜주었다. 신나라는 남자 3위~5위 그룹에, 손주열은 2위~3위 그룹에 속해서 될 수 있는 한 끝까지 뛰라는 것이다.

그렇게만 하면 신나라는 2시간 20분 초반을, 손주열은 막판에 힘이 달려도 최소한 2시간 7분대는 끊을 수 있다는 게 심윤복 감독의 계산이다.

그런데 심윤복 감독과 윤미소, 고승연까지 출발선 전방 가장자리 바리케이드 바깥에 서 있는데 어찌 된 일인지 민영의 모습이 보이지 않았다.

"오빠!"

그런데 마침 태수의 뒤쪽에서 귀에 익은 민영이 부르는 외침이 들렸다.

태수가 뒤돌아서서 이리저리 살펴보고 있는데 저만치 뒤쪽 마스터즈 그룹에서 누군가 팔짝팔짝 뛰고 있는데 틀림없이 민영이다.

"오빠! 여기 박형준 씨랑 조영기 아저씨도 계셔!"

민영이 방방 뛰면서 외치는 소리가 태수에게도 똑똑하게 들렸다.

"형준 형님과 조영기 형님께서⋯⋯."

설마 대한민국 안동의 박형준과 조영기까지 베를린마라톤 대회에 참가했을 줄은 생각하지도 못했다.

더구나 민영이 마스터즈 그룹에 속해서 펄펄 뛰고 있지 않은가. 그러면서도 민영은 자기도 참가한다는 말을 입 밖에도 내지 않았었다.

"베를린마라톤대회에 참가하신 대한민국 사람들은 복창하기 바랍니다!"

뒤쪽에서 외침이 터졌다. 민영과 박형준, 조영기가 입을 모아 외치는 것이다.

"윈드 마스터 파이팅!"

세 사람이 다시 외치자 그 즉시 대단한 합창이 터져 나왔다.

"윈드 마스터 파이팅!!"

베를린마라톤대회에 참가한 대한민국 사람들이 일제히 합

창을 하는 것이다. 거기에는 엘리트 선수든 마스터즈든 다 포함되었다.

"선배님……."

신나라는 가슴이 뭉클해서 태수의 팔을 붙잡았다. 그녀가 바르르 가늘게 떨고 있는 게 태수에게 전해졌다.

"윈드 마스터 한태수! 오늘 일낸다!"

"윈드 마스터!! 한태수 오늘 일낸다!!!"

"대~~ 한민국!"

"대~~ 한민국!!!"

짝짝짝짝짝―!!

5만 7천여 명의 참가자가 조용한 가운데 대한민국 사람들의 합창이 브란덴부르크 문 위로 쩌렁쩌렁 울려 퍼졌다.

갑자기 단상의 사회자가 마이크를 입에 대고 어눌한 한국말로 크게 외쳤다.

"대~~ 한민국!"

그러자 참가자들이 모두 함께 외치며 박수를 쳤다.

"대~~ 한민국!!!"

짝짝짝짝짝――

신나라가 태수의 팔에 꼭 매달려서 눈물을 글썽이며 급히 말했다.

"선배님! 빨리 기 받아요!"

"뭐?"

"5만 7천 명의 기를 받으라고요!"

땅!

전자총 소리가 청명한 하늘에 울려 퍼지면서 출발선의 선수들이 파도처럼 일제히 쏟아져 나갔다.

잔뜩 벼르고 있던 태수도 힘차게 아스팔트를 박차면서 달려 나갔다.

예상했던 대로 데니스 키메토와 엠마뉴엘 무타이가 선두로 쭉쭉 치고 나가는 걸 보고 태수는 재빨리 그들의 꽁무니에 따라붙었다.

태수는 2014년 베를린마라톤대회 동영상을 줄줄이 외울 정도로 보고 또 봤다.

데니스 키메토와 엠마뉴엘 무타이는 초반부터 무서울 정도로 치고 나갔었다.

속도는 km당 2분 53초 페이스였다. 데니스 키메토의 이븐 페이스 2분 55초보다 불과 2초 빠르지만 초반부터 그런 속도를 내는 엘리트 선수는 거의 없다.

간혹 뜨거운 줄 모르는 풋내기들이 따라붙지만 5km도 못 가서 제풀에 나가떨어지게 마련이다.

실제로 작년 대회에서도 그런 선수가 부지기수였었고, 올해도 어김없이 20여 명 정도가 선두그룹에 섞여서 우르르 달려 나갔다.

태수는 심윤복 감독이 짜준 작전 속에 디테일하게 자신만의 작전을 버무렸다.

그렇다고 거창한 게 아니라 선두로 달리는 선수의 그림자가 되겠다는 생각이다.

그의 예상으로는 작년에 불운하게 2위를 했던 무타이가 이번 대회에서는 발군일 것 같다. 아니, 무타이든 키메토든 선두로 달리는 선수의 옆에서 그림자처럼 나란히 달리는 것이 그의 작전 아닌 작전이다.

심윤복 감독은 선두그룹에서 떨어지지 말라는 작전을 짰지만, 태수는 선두 중에서도 선두로 달리려고 한다.

와아아아—

짝짝짝짝짝—

베를린마라톤대회의 유명한 것 중에 하나가 출발부터 골인까지 연도에서 시민들이 열렬한 응원을 해준다는 것인데 그건 사실이었다.

길가에 늘어선 수천 명의 시민은 손을 흔들고 박수를 치면서 함성으로 응원을 했다.

깨끗한 도로와 청명한 날씨, 경찰과 진행요원들의 잘 짜인 매끄러운 통제, 시민들의 자발적인 열띤 응원 같은 것을 보면 태수가 얼마 전에 뛰었던 엉망진창 베이징 시내하고 극적인 대조를 이루었다.

탁탁탁탁탁—

3㎞ 지점에서 선두그룹이 정해졌다.

선두 중에 선두는 키메토와 무타이, 마카우, 킵상, 모 파라, 베켈레, 그리고 태수 7명이다.

베이징에서 경쟁을 벌였던 모 파라와 베켈레가 이번 대회에 참가했다는 말은 들었지만 출발하기 전에도 얼굴을 보지 못했었는데, 출발하고 나서 어디에서 튀어나왔는지 선두그룹에 가담했다.

베이징세계육상선수권대회 5,000m에서 치열한 경쟁을 벌인 후에 태수에게 축하의 악수를 건넸던 모 파라와 베켈레지만 달리는 중에는 태수에게 아는 체도 하지 않았다. 진검 승부의 냉정한 일면이다.

현재 속도는 ㎞당 2분 57~8초다. 선두그룹은 여전히 20여 명이고 타원형으로 길쭉하게 무리를 이루었다.

태수로선 이번 대회가 정식으로는 5번째다. 지금까지 4번은 되는대로 달렸다고 해도 과언이 아니다.

그때그때 상황에 따라서 ㎞당 2분 45초 이상으로도 스피드를 올렸었고, 그러다가 지치면 3분 5초 혹은 3분 10초의 느린 속도로도 달렸었다.

그렇지만 이번 대회는 끝까지 이븐 페이스로 뛸 각오다. 뭔가 잘 풀리지 않아서 궁지에 몰리게 되면 또 다른 편법을 쓸지는 모르지만 할 수 있는 한 이븐 페이스로 뛰는 것이 기본 전략이다.

관건은 기본적인 체력이 얼마나 뒷받침되느냐, 그리고 테이퍼링을 얼마나 잘했느냐다. 이븐 페이스의 바탕은 체력, 즉 글리코겐이다.

테이퍼링을 하기 전에 몸을 극한까지 여러 차례 몰아붙여서 글리코겐을 바닥까지 완전히 드러냈다가 다시 채우면 가득가득 충전할 수 있다.

말하자면 찌꺼기가 많은 그릇과 찌꺼기가 깨끗하게 비워진 그릇의 차이다.

전자의 그릇에는 글리코겐이 적게 채워질 테고 후자의 그릇에는 가득 채워질 것은 당연한 얘기다.

다행히 태수는 이번 대회 전 베이징세계육상선수권대회에서 마라톤과 10,000m, 그리고 5,000m에서 온몸의 마지막 기름을 짜낸 것처럼 글리코겐을 닥닥 긁어서 비웠기 때문에 그이후 한 달여 동안 쉬면서 테이퍼링을 하며 충분한 탄수화물을 축적했다.

그것을 증명하듯 태수의 발걸음은 가볍기 짝이 없고 힘이 펄펄 넘치고 있다.

하지만 이런 느낌이 러너스 하이처럼 착각일 수도 있다는 사실을 태수는 별로 많지 않은 대회에서 뼈저리게 경험을 했었다.

어쩌면 마라톤 풀코스 42.195㎞를 달리는 내내 러너스 하이에 빠져 있을 수도 있다.

태수의 예상이 적중했다.

5㎞를 100m쯤 남겨둔 지점부터 작년 2위였던 불운한 마라토너 엠마뉴엘 무타이가 속도를 ㎞당 2분 52~53초로 조금 올렸다.

이것이 속칭 '흔들어서 솎아내기'인지 '독주 체제'를 만들기 위한 예비 행동인지는 알 수가 없다.

어쨌든 무타이의 가속으로 선두그룹에 속해 있는 20여 명이 무더기로 솎아질 것은 분명하다.

선도차인 BMW의 신형 전기차 i3의 전자시계는 정확하게 5㎞ 37m의 거리를 가리키고 시간은 14분 39초를 나타내고 있다.

출발해서 지금까지 평균 ㎞당 2분 56초의 속도라는 얘기다.

앞으로도 평균 km당 2분 56초를 유지한다면 골인할 경우 2시간 3분 50초대로 세계기록보다 1분 늦어질 것이다.

탁탁탁탁탁탁탁—

여러 명이 힘차게 달려 나가는 소리가 말 그대로 지축을 울리고 있다.

7km 지점에 이르렀을 때 선두그룹에서 5명 정도가 떨어져 나갔다. 무더기로 솎아질 것이라는 태수의 예상은 여지없이 빗나갔다.

선두그룹은 무려 16명이나 된다. 태수와 키메토, 무타이, 모파라, 베켈레, 킵상, 마카우, 그리고 다른 선수들은 한 번도 본 적이 없거나 봤어도 기억에 남아 있지 않은 얼굴들이다.

선두그룹 중에서도 선두는 여전히 무타이와 태수다. 두 사람은 나란히 선두를 이끌고 있다.

바로 뒤에서는 키메토와 마카우, 그 뒤로 킵상, 베켈레, 모파라의 순서로 따르고 있다.

사실 이제 초반인 7km에서 선두그룹의 선두라는 것은 별 의미가 없다.

이 정도에서 후미가 따라오지 못할 정도의 거리라고 한다면 최소 500m 이상은 돼야 한다.

물론 나 자신이 느려지지 않는다는 것이 전제되어야만 할 것이다.

선도차 앞쪽에는 독일 공영방송사인 ZDF와 스포츠전문방송사인 ARD, 그리고 도이체벨레의 방송차량 3대가 도로를 거의 점령하다시피 달리고 있다.

그리고 선두그룹 좌우로는 적게 잡아도 20여 대의 모터사이클들이 촬영 경쟁을 벌이고 있다.

그것들은 모두 BMW모토라드에서 제작한 모터사이클이다.

그중에 대한민국 KBS와 MBC 중계방송 취재단이 섞여 있다. 만약 태수가 이 대회에 참가하지 않았다면 KBS와 MBC는 비싼 돈을 지불하면서까지 독일 취재를 나오지 않았을 것이다.

탁탁탁탁탁탁—

태수가 염려하는 것은 하나다. 언제 호흡이 가빠지기 시작하느냐다.

다리가 말을 듣지 않는 것은 후반부이지만 호흡 때문에 속도를 내지 못하는 것은 초반이거나 중반부다. 그 경우 속도를 너무 높였기 때문이다.

태수는 원마주법을 개발한 이후 한 번에 20㎞ 이상 달려보지 못했다. 테이퍼링 때문이다.

원마주법으로 20㎞ 이상 뛰어봐서 어떤 작은 결과를 얻는 것보다는 테이퍼링이 백배 이상 중요하다는 것은 아무리 강조해도 모자란 진리다.

타타타탁탁탁—

그때 태수의 왼쪽에서 달리고 있는 무타이 왼쪽으로 마카우가 치고 나가려 하고 있다.

2012년 챔피언이었던 패트릭 마카우는 권토중래 이번 대회에서 과거의 영광과 부귀영화를 재현하려고 전력을 다하고 있다는 것을 행동으로 보여주고 있다.

한 번도 부귀영화를 누려보지 못한 사람보다는 한 번 그 맛을 봤다가 추락한 사람의 발버둥이 훨씬 더 치열하다는 것을 지금의 마카우가 생생하게 보여주고 있다.

그렇지만 예로부터 제왕이 한 번 권좌에서 내려온 이후에 다시 그 자리에 앉는 경우는 매우 드물었다.

여기에서 무타이가 마카우의 도발을 눈감아준다면 태수까지 3명이 나란히 달리는 체제가 될 테지만 태수가 보기에 그럴 가능성은 없어 보인다.

만약 무타이가 마카우를 용인할 경우 다른 선수들도 우르르 치고 나올 것이기 때문이다.

분노와 아쉬움으로 치자면 3년 전의 제왕이었던 마카우보다는 작년의 패장 무타이가 더할 것이다.

또한 기록 면에서도 마카우의 2시간 3분 38초보다 무타이의 2시간 3분 23초가 더 좋다.

마카우는 잠시 동안 무타이의 왼쪽에서 나란히 달렸다. 하지만 3년 전의 제왕은 끝내 작년의 패장을 추월하지 못하고 뒤로 조금씩 처졌다.

마카우가 무타이를 추월하려고 작정하면 까짓 못할 것 없을 것이다.

하지만 무리하게 도발을 할 경우 마카우와 무타이의 일대일 싸움으로 번져서 다른 선수들에게 어부지리를 주게 될지도 모른다는 생각으로 양보를 한 것이다.

잠시 동안 속도를 ㎞당 2분 50초까지 올려서 자신이 아직 선두를 뺏기고 싶은 마음이 없다는 사실을 분명하게 밝힌 무타이는 힐끗 오른쪽의 태수를 쳐다보았다.

한 치도 뒤처지지 않고 자신과 나란히 달리고 있는 태수를 아주 잠깐 쏘아보는 무타이의 눈빛이 불편함으로 물드는 것 같았다.

그렇지만 무타이는 태수를 떨쳐 버리려는 시도를 하지는 않았다.

태수가 처음부터 무타이와 함께 선두그룹에서의 선두를 같이 유지하고 있었기 때문에 용인하는 것인가.

그게 아니면 오래지 않아서 태수가 떨어져 나갈 것이라고 예상하는 것인지 모르지만, 어쨌든 무타이는 태수의 동행을 허락했다.

10㎞ 지점. 선도차의 전광판에 28분 57초라는 시간이 반짝이는 것을 보고 잠시 시간 계산을 해본 태수는 무타이가 무엇을 의도하고 있는지 깨달았다.

10㎞를 28분 57초에 달렸다면 ㎞당 2분 54초 페이스다. 작년에 우승했던 키메토보다 ㎞당 1초 빠르다.

그렇다면 풀코스 42.195㎞를 달렸을 때 42초가 더 빠르다는 뜻이다.

하지만 ㎞당 2분 54초 이븐 페이스로 전 구간을 달려서 골인했을 경우에 나올 수 있는 시간대는 2시간 2분 1초에서 2시간 2분 43초까지다.

인간이 기계가 아닌 이상, 예를 들어 42.195㎞를 줄곧 ㎞당 2분 54.37초라는 식으로 소수점 이하까지 계산하면서 정확하게 달리는 건 불가능한 일이다.

그렇게 달릴 수 있다면 골인하는 시간을 정확하게 초 단위까지 예상할 수 있다.

그런 이유로 ㎞당 2분 55초의 속도로 달린다면 예상 가능한 시간대는 2시간 2분 44초~2시간 3분 25초 이내가 되는 것이다.

어쨌든 그걸 감안하더라도 현재 무타이가 작년에 우승한

키메토보다 1초 빠른 속도로 달리고 있으며, 그의 기록을 경신하는 것을 목표로 한다는 것이 분명해졌다.

13㎞. 무타이가 불안한지 자꾸 태수를, 그리고 뒤를 돌아보기 시작했다.

태수가 12㎞에서 깨달은 사실을 무타이는 지금 깨달은 것 같았다.

태수는 자신들의 뒤에서 묵묵히 따라오고 있는 키메토를 비롯한 마카우, 킵상, 베켈레 등의 속셈을 깨달았다.

그들은 무타이와 태수를 페이스메이커로 여기고 있는 것이 분명하다.

무타이와 태수가 작년에 키메토가 세웠던 ㎞당 속도보다 1초 빠르게 달리고 있다면, 뒤따르고 있는 키메토와 마카우들도 작년보다 1초 빠르게 달리고 있는 것이다.

무타이와 태수가 선두그룹에서 선두를 차지하고는 있지만 선두그룹의 다른 후미주자들보다 더 빠른 속도로 달리고 있는 게 아니라 같은 속도로 줄곧 달리고 있는 것이다.

그러니까 결국 무타이와 태수는 빛 좋은 개살구일 뿐 다른 선수들의 페메 노릇만 해주고 있는 것이다.

그걸 무타이가 방금 깨달은 모양이다. 불안한 듯, 그리고 못마땅한 표정으로 자꾸 태수와 뒤따르는 선수들을 돌아보는 게 그걸 증명하고 있다.

탁탁탁탁탁······.

그때 무타이가 오른손을 앞으로 뻗으면서 태수에게 무언의 행동을 취해 보였다.

그건 마치 내가 너에게 선두를 양보할 테니까 먼저 가라는 뜻이거나, 아니면 이제부터는 네가 앞에서 좀 이끌라고 강요하는 것 같았다.

탁탁탁탁탁—

처음에 태수는 조금 당황해서 움찔거리며 자신도 모르게 앞으로 나갔다.

그러다가 '이건 아니다'라는 생각에 다시 속도를 줄여서 무타이와 나란히 달렸다.

그러니까 무타이가 이번에는 조금 전보다 더 큰 동작으로 앞서 나가라고 손짓을 해 보이면서 뭐라고 화가 난 듯 큰소리로 외쳤다.

그러나 이번에 태수는 조금 전처럼 당황하지 않았다. 무타이의 의도를 분명하게 간파했기 때문이다.

태수는 이번 대회만큼은 예전처럼 그때그때 상황에 따라서 스퍼트하고는 오래지 않아 지쳐서 속도가 떨어지는 그런 우를 범하지 않으려고 작심을 했다.

그러니만큼 이번 대회는 오로지 이븐 페이스의 싸움이다.

그래서 마지막에 1km~2km 남겨두고 여력이 남으면 그때 최후의 스퍼트를 해서 승부를 낸다는 작전이다.

14km를 막 지나고 있다.

BMW의 야심작이며 최초의 전기 양산차인 예쁘장한 선도차 i3의 전광판은 40분 42초를 나타내고 있다.

태수는 재빨리 자신의 타이맥스 손목시계를 조작해서 계산해 보았다.

현재까지 km당 평균 2분 54초에 시속 20.64km/h를 기록하고 있는 중이다.

이 속도를 계속 유지한다면 아무리 늦어도 2시간 2분 43초에 골인할 수 있다.

작년 키메토가 세운 2시간 2분 57초보다 최소한 14초 기록을 경신할 수 있다는 얘기다.

그러니까 절대로 무리할 필요가 없다. 시간이 되면 떨어져나가 도태할 사람은 자연히 떨어져 나가게 되어 있다.

화가 몹시 났는지 무타이는 고래고래 고함까지 지르면서 태수에게 분노와 원망을 뿜어냈다.

자칫하면 무타이가 자신을 때릴 수도 있다는 위기감까지 느꼈으나 태수는 꿋꿋하게 달렸다.

만약 무타이가 의도적으로 태수의 몸에 손을 댄다면 그는 실격하고 만다. 그걸 알면서도 쓸데없는 짓을 하지는 못할 것이다.

결국 무타이는 작전을 바꿨는지 태수를 윽박지르는 행위를 포기하고는 다른 행동을 취했다. 즉 속도를 슬쩍 줄이더니 순식간에 뒤로 처졌다.

그러나 그것은 실로 위험천만한 모험이다. 무타이는 감정조절을 제대로 하지 못하고 행동으로 옮긴 대가를 곧바로 받았다.

탁탁탁탁탁탁—

무타이가 속도를 줄여서 뒤로 처지는 순간 태수는 오히려 속도를 조금 높여 체감 속도 ㎞당 2분 50초로 빠르게 치고 나갔다.

그리고 무타이가 빠진 자리를 키메토와 마카우가 메우고, 킵상과 모 파라, 베켈레, 얼굴을 모르는 아프리카 선수 2명 등이 한 치의 양보도 없이 그림자처럼 뒤따르면서 선두그룹이 급변했다.

다시 정리해 보면, 무타이가 속도를 뚝 떨어뜨리면서 태수가 치고 나가고 키메토와 마카우가 재빨리 속도를 높여 태수와 나란히 달리는 것은 거의 동시에 일어났다.

그리고 킵상과 모 파라 등이 바짝 따라붙은 것은 0.5초 이내에 벌어진 반사적인 행동이었다.

아주 짧은 순간 무타이는 선두그룹 후미에서 10m나 뚝 떨어지게 되었다.

태수는 km당 2분 50초로 300m쯤 달리다가 다시 원래의 2분 54초 페이스로 되돌아갔다.

사실 무타이가 뒤로 빠질 때 태수는 약간 평정심을 잃고 그가 아까 이상한 행동을 한 것에 대해서 작은 복수를 해야겠다고 생각했다.

그러나 계속 km당 2분 50초로 간다거나 몇 km 정도를 그런 속도로 갈 생각은 아니었다.

그저 200m~300m쯤 치고 나가면 무타이가 선두그룹의 후미로 처져서 당황하지 않을까 예상했었고 그것을 작은 복수라고 여겼다.

그런데 현실에서는 그보다 더한 상황이 발생했다. 무타이는 선두그룹에서 뚝 떨어져 나갔다가 다시 복귀하기 위해서 전력으로 달렸다.

결국 선두그룹에 합류는 했지만 허둥거리면서 에너지를 많이 허비했다.

게다가 태수가 예상하지 않았던 분위기가 형성됐다. 무타이가 태수에게 당하는 광경을 똑똑히 본 다른 선수들은 지금까지보다 태수를 조금 더 경계하기 시작했다.

태수가 의도하지 않은 일이지만 그는 울프팩(Wolf Pack) 무리의 리더가 돼버렸다.

거듭 말하지만 ㎞당 2분 54초의 속도에 15㎞까지 이른 페이스로 줄곧 달리는 것은 결단코 쉬운 일이 아니다.

일례를 들자면, 얼마 전에 끝난 베이징세계육상선수권대회 10,000m에서 우승을 한 모 파라는 27분 26초의 기록이었으며 그때 평균속도가 ㎞당 2분 45초였다.

그런데 지금은 그보다 불과 9초 느린 ㎞당 2분 54초의 속도로 15㎞를 달려왔다.

그러니 그런 속도로 풀코스를 달린다는 것이 얼마나 초인적인 힘과 정신력을 필요로 하는지 짐작할 수 있을 터이다.

뜻밖에도 베켈레가 제일 먼저 떨어져 나갔다.

탁탁탁탁탁…….

"헉헉헉헉헉……."

그는 숨소리를 가쁘게 내더니 안타까운 표정을 지으며 천천히 뒤로 처지기 시작했다.

5,000m와 10,000m 올림픽기록, 10,000m 세계기록 보유자이며 올림픽 10,000m 2연패, 세계육상선수권대회 10,000m 4연패, 그 외에도 수많은 대회에서 우승을 한 역대 최고의 중장거리 선수가 바로 케네니사 베켈레다.

그토록 위대한 베켈레가 마라톤 풀코스 15㎞를 조금 지난 지점에서 한계를 느끼고 뒤로 처지고 있는 것이다.

베켈레는 몇 번의 마라톤대회에 참가한 적이 있었지만 최고 기록은 2014년 제38회 파리마라톤대회에서 2시간 5분 3초를 낸 것이다.

그 기록은 파리마라톤대회 신기록을 작성했지만 데니스 키메토의 2시간 2분 57초에는 턱없이 모자란 기록이었다.

그때 베켈레는 우승 소감에서 '마라톤 풀코스가 생각했던 것보다 훨씬 힘들었다'라고 말해서 마라톤이 얼마나 힘든지 다시 한 번 실감하게 했다.

중장거리의 황제 베켈레지만 마라톤 풀코스의 벽은 그만큼 높은 것이다.

베켈레의 최고기록 2시간 5분 3초는 ㎞당 평균 2분 58초의 속도다.

그런데 ㎞당 2분 54초 페이스로 15㎞ 이상을 달려왔으니까 몸에 이상이 온 것이다.

태수는 나란히 달리고 있는 왼쪽의 키메토와 오른쪽의 마카우가 자꾸 뒤돌아보는 것을 보고 그도 재빨리 뒤돌아보다가 베켈레가 떨어져 나가는 것을 발견했다.

그 짧은 순간에 베켈레의 일그러진 얼굴이 태수에게 오버랩되었다.

그리고 그보다 조금 앞쪽에서 달리고 있는 모 파라도 매우 지친 모습인 것이 발견됐다.

태수는 베켈레가 저렇게 일그러진 얼굴을 처음 본다. 그는 베이징세계선수권대회 5,000m와 10,000m를 전력으로 뛸 때도 항상 여유 있게 웃는 얼굴이었다.

탁탁탁탁탁탁—

베켈레가 떨어져 나갔어도 선두그룹은 아스팔트를 울리면서 힘차게 달려 나갔다.

태수는 개인적으로 베켈레와 모 파라에게 친근감을 느꼈다. 다른 이유는 없다. 그저 그들과 같은 트랙에서 경기를 해봤으며, 또 태수가 5,000m에서 세계기록을 수립하며 우승했을 때 두 사람의 진심 어린 축하를 받았기 때문일 것이다.

태수의 예상으로는 다음에는 모 파라가 떨어져 나갈 것 같았다.

사실 베켈레보다 모 파라가 먼저 떨어질 것이라고 예상했었는데 뜻밖에도 베켈레가 먼저 떨어졌다.

베켈레와 모 파라는 둘 다 마라톤에 도전을 했었지만 베켈레의 기록이 훨씬 좋았다.

모 파라는 작년 3만 6천 명이 참가한 제34회 런던마라톤에 출전하여 런던 시민들의 일방적인 응원을 받고서도 2시간 8분 21초라는 저조한 기록으로 8위를 했었다.

베켈레의 파리마라톤대회 2시간 5분 3초의 기록에 이어서 모 파라마저 2시간 8분대라는 형편없는 기록을 냄으로써 마라톤이라는 성역이 5,000m와 10,000m하고는 격이 다르다는 사실을 뼈저리게 실감했었다.

34회 런던마라톤대회의 우승은 킵상에게 돌아갔고 그는 2시간 4분 29초로 대회 신기록을 갈아치웠다.

16㎞ 조금 지나서 예상했던 대로 모 파라가 떨어져 나갔다.

그리고 대신 2위 그룹에 있던 2명이 속도를 내서 따라붙더니 선두그룹에 합류했다.

두 사람은 일리우드 킵초게와 체가에 케베데다.

킵초게는 2014년 시카고마라톤대회에서 우승을 했으며 기록은 2시간 4분 11초였다.

케베데는 158㎝의 단신임에도 불구하고 2012년 시카고마라톤대회에서 2시간 4분 38초로 대회 신기록으로 우승했었으며, 2010년 런던마라톤대회에서는 2시간 5분 19초로 우승을 거머쥐었었다.

또한 케베데는 지난 베이징세계육상선수권대회 마라톤에서 태수하고도 경쟁을 했던 적이 있었다. 그때 케베데는 순위권에 들지 못했었다.

어쨌든 킵초게나 케베데 둘 다 최고기록이 태수보다 좋기 때문에 그들이 선두그룹에 속한 것은 그다지 이상한 일이 아니다.

탁탁탁탁탁—

현재 선두그룹의 선두는 태수와 마카우, 키메토 3명이 나란히 달리고 있다.

그 뒤로 킵상, 그리고 그 뒤에 킵초게와 케베데가 나란히 달리고 있다.

그리고 선두그룹 후미에서 10m쯤 뒤처져서 무타이가 묵묵히 따라오고 있다.

무타이는 아까 태수에게 된통 혼나고 나서는 선두그룹에 합류하지 않고 줄곧 뒤처져서 따라오고 있는 중이다.

조금만 빨리 뛰면 선두그룹에 합류할 수 있을 텐데도 그러지 않는 걸 보면 무슨 꿍꿍이가 있는 게 분명하다.

보통 마라톤대회의 선두그룹, 그중에서도 선두는 일렬종대로 달리는 것이 흔히 볼 수 있는 모습인데 지금은 태수를 가운데 두고 마카우와 키메토가 좌우에서 감싸듯이 나란히 달리는 중이다.

17km 현재 시간은 49분 30초. km당 2분 55초의 속도로 지금까지 견지해 온 54초보다 1초 늦어졌다.

17km까지 달리고 있는 현재 태수는 호흡이 가쁘지도 않고

다리도 아프지 않으며 매우 편안한 상태다.

완벽하게 몸에 익힌 윈마주법으로 달리면서 태수는 자신이 얼마 전까지 무슨 주법으로 달렸는지조차 까맣게 잊었을 정도로 몸과 마음이 다 편했다.

태수는 그냥 넋 놓고 달리는 게 아니다. 자신의 스트라이드가 필요 이상으로 커지고 있는지, 분당 주행회수는 얼마나 되는지, 그로 인해서 몸은 편한지 아니면 어디가 불편한지 끊임없이 체크하면서 달리고 있다.

뿐만 아니라 좌우에서 나란히 달리고 있는 마카우와 키메토를 관찰해야 하고, 바짝 뒤쫓고 있는 킵상을, 그리고 그 뒤의 케베데와 킵초게, 여전히 후미 10m 떨어져서 쫓아오고 있는 무타이까지 신경을 써야 한다.

그런데 17㎞까지의 시간으로 봤을 때 지금 속도로 달리면 피니시라인에 골인하는 시간은 최대 2시간 3분 23초가 될 것이다.

마카우와 키메토는 필경 기록 경신을 노릴 것이고, 이렇게 달려서는 기록을 경신하지 못한다는 사실을 계산했을 텐데도 아직 이렇다 할 행동으로 나서지 않고 있다.

그렇지만 태수는 개의치 않았다. 이대로만 가면 2시간 3분대에 진입할 수 있기 때문이다.

그의 현재 최고기록은 2시간 5분대이며 바로 전 대회에서 세운 기록이다.

그런데 이번 대회에서 몇 초도 아니고 무려 2분이나 단축한다는 것 자체가 대단한 목표다.

그러니까 태수로서는 그냥 묵묵히 선두그룹의 선두를 유지한 상태에서 달리면 되는 것이다.

타타타탁탁탁—

착착착착착착—

약간 둔탁했던 발걸음 소리에 촐싹 맞은 발걸음 소리 하나가 더해졌다.

태수보다 머리가 하나쯤 작은 케베데가 오른쪽 키메토 옆에 나란히 따라붙었다.

이제는 4명이 선두그룹의 선두에서 나란히 달리는 4인 체제가 되었다.

태수가 봤을 때 4명 중에서 호흡이 거친 사람은 한 명도 없는 것 같다.

태수 좌우의 마카우와 키메토의 주법은 전형적인 케냐식 프론트풋 착지법이다.

태수가 보니까 두 사람의 발뒤꿈치는 아예 바닥에 닿지 않았고 발 중간도 살짝살짝 닿는 것 같다.

그러니까 발 앞볼로만 바닥을 살짝 딛고, 딛는 것과 동시에 점프하듯이 차고 나가는 것이다. 브레이크가 전혀 걸리지 않는 주법이다.

얼마 전까지만 해도 태수는 아프리카계 선수들의 그런 프론트풋 착지를 동경했었고 자신도 언젠가는 그런 주법을 익힐 것이라고 마음먹었었다.

하지만 지금 생각하면 그런 주법을 익히려고 시도하지 않았던 게 얼마나 다행한 일인지 모른다.

프론트풋 착지는 철저하게 아프리카계 선수들의 전유물이다. 태어나서 걷기 시작할 때부터 맨발로 들판과 산을 뛰어다니면서 몸에 밴 프론트풋 착지법은 발목과 종아리, 특히 정강이에 엄청난 무리가 간다.

그런 주법이 좋다고 뒤늦게 따라서 했다가는 발목이 부서지고 종아리가 터지고 말 것이 분명하다.

더구나 태수는 자신에게 가장 적합한 주법, 즉 윈마주법을 스스로 개발해 냈다.

"태수야! 잘하고 있다!"

그때 갑자기 심윤복 감독의 칼칼하고 탁한 고함 소리가 어디선가 들려왔다.

태수가 쳐다보니까 인도 쪽 환호하는 베를린 시민들 틈에 심윤복 감독이 맹렬하게 손을 흔들고 있다.

수많은 유럽인 중에 뭉툭한 체구의 동양인 심윤복 감독의 모습은 한눈에 띄었다.

베를린마라톤대회에서는 대회 진행 중에 코치진들에게 차량을 제공하거나 달리고 있는 선수들에게 코치를 할 수 있는 어떤 편의도 제공하지 않는 것으로 아는데 심윤복 감독이 무슨 수로 하프가 가까워지고 있는 여기까지 왔는지 모를 일이다.

"계속 그렇게 가라! Go! Go! Go!"

심윤복 감독의 목소리가 뒤에서 들렸다.

나이 든 감독이 저렇게까지 열성적인 모습을 보고 태수는 문득 가슴이 짠해졌다.

그러고는 문득 태수가 베이징세계육상선수권대회 마라톤과 5,000m에서 극적으로 금메달을 따고 세계기록을 경신했을 때 심윤복 감독이 부끄러운 줄도 모르고 펑펑 울었던 모습이 기억났다.

앞으로 그런 일이 또 있을까? 그날의 가슴 터지고 저절로 눈물이 콸콸 쏟아지게 만들었던 감격의 순간을 또 만들어낼 수 있을까 태수는 자신이 없어졌다.

지금 생각해 보면 그가 여태까지 승승장구해 왔던 것은 정말 똥인지 된장인지 모르고 물불 가리지 않고 마구잡이로 부딪쳤고 또 운이 따라주었기 때문에 가능한 일이었다.

그러나 이제는 정신을 차렸다. 뭐가 두려운지 알게 됐고 어떤 것을 하지 않아야 한다는 것도 알았다.

그렇기 때문에 그렇게 천둥벌거숭이처럼 날뛰는 일은 없을 것이다. 지금 돌이켜 생각해 보면 얼굴이 화끈거릴 정도로 부끄러운 일이 많았다.

태수는 마라톤의 세계, 더 나아가서 육상의 세계가 얼마나 피 튀기는 살벌한 전쟁터인지 이제야 조금 알 것 같다.

그때 태수는 가볍게 흠칫했다. 오른쪽에서 달리고 있던 케베데가 갑자기 앞으로 쭉 달려 나가고 있기 때문이다.

착착착착착—

특유의 촐싹거리는 발걸음 소리를 울리면서 잠깐 사이에 케베데는 10m까지 거리를 벌였으며 빠른 속도로 점점 더 벌어지고 있다.

그런데도 태수 좌우에서 달리고 있는 키메토와 마카우는 반응하지 않고 지금까지의 속도를 유지한 상태로 묵묵히 달리고 있다.

태수는 어떻게 해야 할지 순간적으로 갈등했다.

그리고 그때 태수는 하프 21.0975km를 지나고 있다는 사실을 깨달았다.

케베데의 마라톤 최고기록은 2시간 4분 3초. km당 평균 2분 57초의 속도다.

현재 태수와 마카우, 키메토의 속도가 km당 2분 55초인데 점점 더 거리를 벌리고 있는 키메토는 최소 km당 2분 50초가 분명하다.

km당 2분 57초가 2분 50초로 질주하고 있다. 그것은 마치 배기량 1,500cc 자동차가 시속 200km로 달리는 것이나 다름이 없다. 얼마 못가서 엔진이 타버리거나 오버히트를 할 것이다.

그렇다면 태수로서는 케베데를 따라가지 말고 지금 속도를 유지하는 것이 옳다.

그렇지만 만에 하나 그동안 케베데가 피나는 훈련을 거쳐서 배기량을 2,000cc나 그 이상으로 올렸다면?

그럴 경우 케베데를 뒤쫓지 않았던 태수는 닭 쫓던 개 지붕 쳐다보는 꼴이 되고 만다.

아니, 그 정도까지는 아니다. 그렇더라도 태수는 최소한 목표로 삼았던 2시간 3분대 진입은 가능할 것이다.

그런데 사람의 마음이라는 것이 참으로 묘하다.

2시간 3분대를 목표로 삼고 우승은 언감생심 꿈도 꾸지 말자고 스스로에게 다짐했었는데도, 예상치 못하게 케베데가 치고 나가는 상황에 처하게 되자 '나라고 우승 못할 게 뭔가'라는 욕심과 '일단 해보고 안 되면 말자'라는 똥배짱이 은근히 솟구쳤다.

케베데와 같이 달리다가 케베데가 지쳐서 떨어져 나가면 좋

고, 그러지 않더라도 최후의 스퍼트를 해서 한번 붙어보는 것
도 괜찮을 것 같다는 생각이 들었다.

'가보자!'

탁탁탁탁탁탁—

태수가 치고 나가는 또 다른 든든한 이유가 있다. 아직까지
조금도 힘들지 않은 몸 상태가 바로 그것이다.

"안 돼! 태수야! 속도 줄여!"

그때 심윤복 감독의 괄괄한 고함 소리가 허공을 흔들었다.

태수가 급히 인도를 쳐다보니까 응원하는 시민들 너머로 자
전거를 타고 달리는 심윤복 감독의 모습이 언뜻 보이면서 그
의 고함 소리가 또 들렸다.

"오버 페이스하지 마라!"

태수를 누구보다 잘 알고 있는 심윤복 감독이다. 어쩌면 그
는 태수 자신보다 태수를 더 잘 알고 있을지 모른다. 마라톤
전문가이기 때문이다. 그런 그가 오버 페이스라고 한다면 오
버 페이스가 분명하다.

'내가 무슨 생각을……'

태수는 자신의 실수를 깨닫고 즉시 속도를 조금 늦췄다.

탁탁탁탁탁—

그때 바로 뒤에서 발걸음 소리가 들리는가 싶더니 어느새
마카우와 키메토가 태수의 양쪽에서 빠르게 앞으로 치고 나

가기 시작했다.

태수는 순식간에 전방 5m까지 멀어지고 있는 마카우와 키메토의 뒷모습을 보면서 뒤통수를 망치로 한 대 호되게 얻어맞은 것 같은 충격을 받았다.

사실 케베데가 치고 나갔을 때 마카우와 키메토는 태수가 어떻게 하는지 주목하고 있었다.

그런데 태수마저 치고 나가니까 자신들도 부랴부랴 속도를 높인 것이다.

그대로 있다가는 태수와 케베데가 선두그룹이 되고 자신들은 2위가 되기 때문이다.

그런데 상황이 다시 변해서 태수가 갑자기 속도를 늦추니까 마카우와 키메토는 멈칫하는 것 같았다.

여기가 갈림길이다. 누가 만든 게 아니라 태수가 이런 상황을 만들어 버렸다.

이 상황에서 마카우와 키메토가 속도를 늦춰서 태수하고 나란히 달리는 3인 체제로 간다면 그거야말로 태수가 바라고 심윤복 감독이 바라는 최선의 길이다.

하지만 마카우와 키메토가 기왕지사 내친걸음이라 여기고 계속 질주하여 케베데와 같이 선두그룹을 형성한다면 태수는 멍청한 짓을 하고 만 것이다.

그런 상황이 닥치면 태수로서는 속도를 높여서 선두그룹에 합류하면 되지만 심윤복 감독이 판단한 것처럼 그건 오버 페이스다.

초조하게 달리면서 지켜보던 태수의 얼굴이 슬쩍 찌푸려졌다. 마카우와 키메토가 속도를 늦추지 않고 계속 달려가고 있기 때문이다.

힐끗 뒤돌아보니까 조금 전까지 선두그룹의 후미였던 킵상과 킵초게가 태수 뒤로 바짝 따라붙었다. 가만히 있다가는 그들마저 태수를 추월할 기세다.

뒤돌아본 잠깐 사이에 태수의 시야에 후미의 무타이가 속도를 높여 빠르게 좁혀오고 있는 모습이 들어왔다.

한 번의 실수가 지금 같은 총체적 난국을 몰고 왔다. 성경 말씀에 시작은 미약했으나 끝은 창대하다고 했는데 지금이 딱 그랬다.

태수의 작은 실수가 몰고 온 여파는 자칫 감당할 수 없는 태풍으로 커지고 있었다.

타타타타탓—

태수는 다리에 불끈 힘을 주고 맹렬히 달려 나갔다.

25㎞ 지점까지 선두그룹은 케베데가 이끌고 있는 중이다.

케베데 뒤에는 마카우, 키메토가 바짝 따르고, 그 뒤 5m 거리에 킵상과 킵초게, 그 뒤에 태수 혼자 따르고 10m 뒤에서 무타이가 선두그룹의 후미를 이룬 상태로 달리고 있다.

25㎞까지 1시간 12분 38초. ㎞당 2분 54초 페이스다.

현재 속도는 ㎞당 2분 52초 정도지만 전체 평균을 냈을 때 2분 54초인 것이다.

선두그룹은 선두 중에 선두 케베데를 비롯하여 7명 모두 충분히 우승을 할 수 있는 저력을 지니고 있다.

경험이나 최고기록 등을 따지고 본다면 7명 중에서 태수가 최하위인 것은 두말할 필요가 없다.

그런 식으로 계산하면 이들 7명이 끝까지 갔을 때 태수가 가장 불리하다.

그래도 과연 2시간 3분대 기록을 하는 것만으로 감지덕지 고마워할 수 있겠는가.

'빌어먹을… 이건 아니다.'

이런 상황을 도저히 인정할 수 없다는 반골적인 비틀림이 태수의 속에서 스멀거렸다.

아니, 어쩌면 그는 천성적으로 호전성을 지니고 있어서 아무 일 없이 조용히 달리기만 하는 것을 견디지 못하는지도 모른다.

그게 아니면 그 자신도 모르고 있는 지고 못 사는 승부사적인 기질이 결정적인 상황마다 폭발하는 것일 수도 있다.

태수는 선두그룹의 후미에서 달리며 치고 나갈까 말까를

가슴이 썩는 것처럼 고심했다.

태수의 고심은 27㎞ 지점에 이르렀을 때까지도 계속됐다.

2시간 3분대로 만족할 것인가 아니면 승부를 걸어볼까의 고심이다.

그때 태수는 앞쪽에 달리고 있는 킵상과 킵초게하고 거리가 가까워진 것을 깨달았다. 여태까지는 5m쯤이었는데 지금은 2.5m 정도가 되었다.

그걸 조금 늦게 깨달았으면 태수는 킵상하고 부딪칠 뻔했다.

태수는 자신의 속도가 빨라진 것이 아니라 킵상과 킵초게가 늦다는 사실을 아울러 깨달았다.

탁탁탁탁탁……

태수는 속도를 늦추는 대신 방향을 슬쩍 틀어서 킵상 왼쪽으로 나란히 달렸다.

그러면서 전방을 보고서야 어떻게 된 영문인지 알게 되었다.

선두를 달리고 있는 케베데의 속도가 떨어졌다. 정확한 건 재봐야 알겠지만 태수가 대충 보기에도 케베데의 속도는 ㎞당 2분 56초대로 떨어진 것 같았다.

그걸 깨닫는 순간 태수는 지금까지 고민하던 것을 결정했다.

승부를 던지기로.

그런데 태수가 막 스퍼트를 하려는데 전혀 새로운 상황이 발생했다.

케베데 뒤에서 달리고 있는 마카우와 키메토 두 사람 중에서 키메토가 갑자기 속도를 내더니 삽시간에 케베데를 추월해 버렸다.

탓탓탓탓탓—

키메토의 성큼성큼 달려 나가는 발걸음 소리가 태수의 귀에 아련하게 멀리에서 들려오는 것 같았다.

태수는 방금 승부를 던지려고 스퍼트를 하려 했었지만 키메토가 치고 나가는 바람에 잠시 주춤하면서 상황을 지켜보기로 했다.

탁탁탁탁탁탁—

태수 5m 앞에서 달리고 있는 마카우와 케베데 중에서 마카우가 키메토를 쫓아서 속도를 높여 달려 나갔다.

그러나 케베데는 마카우가 쭉쭉 앞으로 달려 나가는 것을 쳐다보기만 할 뿐이다.

"학학학학학⋯⋯."

케베데의 거친 숨소리가 태수의 귀에도 똑똑히 들렸다.

태수의 판단으로는 케베데는 끝났다. 그는 그저 1,500cc 소형차였을 뿐이다.

그때 태수 오른쪽의 킵상과 킵초게가 미끄러지는 것처럼 앞으로 나가기 시작했다.

태수는 생각을 하기 전에 몸이 먼저 반응했다. 킵상, 킵초게와 나란히 달리고 있던 태수는 두 사람이 돌진하는 것과 동시에 속도를 높여 달려 나갔다.

타타타탁탁탁탁—

태수와 킵상, 킵초게는 케베데를 스쳐 지나며 느린 듯 빠르게 앞으로 나아갔다.

"학학학학학······."

태수가 케베데 옆을 지나갈 때 그가 쳐다보는데 일그러진 얼굴이 푸석푸석했으며 반짝거리는 알갱이들이 얼굴에 뒤덮여 있었다.

흘린 땀이 말라서 소금이 된 것이다. 보통 하프를 지나면 체내의 수분이 고갈되어 땀이 흐르지 않으며 그전에 흘렸던 땀이 말라서 얼굴뿐 아니라 온몸에 들러붙어 손으로 만지면 버석거린다.

태수가 봤을 때 10m쯤 앞서 달리고 있는 키메토와 마카우의 속도는 km당 2분 50초 정도다.

27km를 km당 평균 2분 54~55초의 속도로 달려와서 2분 50초로 갑자기 빠르게 달린다는 것은 말처럼 쉬운 일이 아니다.

그렇다면 키메토와 마카우는 지금 승부를 걸고 있는 것이다.

최후의 스퍼트는 아니지만 15㎞ 남아 있는 지금 이 시점에서 확고한 선두를 굳히려는 게 분명하다.

세계기록 보유자인 키메토와 2011년 이곳 베를린마라톤대회에서 2시간 3분 38초로 하일레 게브르셀라시에의 4년 묵은 세계기록을 경신하며 우승했던 마카우는 둘만의 최후 결전을 위해서 자리를 다지고 있다.

탁탁탁탁탁탁탁……

태수와 킵상, 킵초게가 나란히 2위로 부지런히 달리고 있지만 키메토와 마카우하고의 거리는 10m를 유지한 상태에서 좁혀지지 않고 있다.

태수가 키메토와 마카우를 따라잡으려면 ㎞당 2분 50초 이상의 속도가 필요하다.

이 상황에서 복잡한 수학공식을 갖다 붙이지 않더라도 그건 분명한 사실이다.

그것이 먼저 스퍼트를 한 선수들의 특권이다. 먼저 스퍼트를 하여 달려간 거리만큼 버는 것이다.

태수는 또다시 갈등에 휩싸였다. 마라톤 풀코스 전 구간을 뛰면서 마라토너는 시작부터 끝까지 갈등의 연속이다.

여기에서 속도를 높여 키메토와 마카우를 따라잡느냐 아니면 2위 체제로 가다가 막판 스퍼트에서 추월하느냐는 것이 지금 태수의 갈등이다.

아까 갈등을 하다가 찬스를 살리지 못해서 2번이나 쓴맛을 봤던 태수다.

키메토와 마카우는 언제까지나 km당 2분 50초의 속도를 유지하면서 달릴 수는 없다.

확고부동한 선두를 유지하기 위해서 저러는 건데 길어야 3km다. 그 이상 저 속도로 달리면 자신들이 먼저 지쳐 버릴 것이다.

'간다!'

탁탁탁탁탁탁—

갈등을 계속하는 것도 사람을 지치게 만든다.

태수는 속으로 힘껏 외치면서 불끈 두 다리에 힘을 주고 달려 나갔다.

그때 그는 어떤 사실을 깨달았다. 스퍼트를 할 때는 윈마주법이 아니라 프론트풋 착지주법이 된다는 사실이다.

그는 속도를 높여 스퍼트를 할 때 프론트풋 착지가 되는데 아프리카계 선수들은 42.195km 전 구간을 그런 식으로 달리고 있다.

즉, 전 구간을 스퍼트하듯 달린다는 뜻이다. 그리고 중간에 스퍼트를 하면 그건 스퍼트에 스퍼트를 더한 것이다.

'해답은 윈마주법이다.'

태수는 중간 스퍼트를 해서 프론트풋 착지로 달리고 있으면서도 윈마주법만이 아프리카계의 프론트풋 착지주법을 이길 수 있을 것이라고 확신했다.

조금 전까지 태수하고 나란히 달렸던 킵상과 킵초게는 스퍼트를 하지 않았다.

뒤돌아보지 않았지만 그들이 스퍼트를 했다면 태수하고 나란히 달리거나 추월했을 것이다.

아마도 킵상과 킵초게는 10m를 유지하다가 막판 스퍼트로 전세를 뒤집을 작전인 것 같다.

착착착착착착…….

"학학학학학……."

그런데 태수의 왼쪽 뒤에서 귀에 익은 촐싹 맞은 발소리와 숨 가쁜 숨소리가 들려왔다.

돌아보지 않아도 케베데라는 것을 알 수 있다.

탁탁탁탁탁탁탁—

그뿐만이 아니다. 태수의 오른쪽에서도 경쾌한 발소리가 들렸다.

킵상인가? 아니면 킵초게? 태수는 이번만큼은 돌아보지 않을 수 없었다.

"……!"

오른쪽을 쳐다보다가 태수는 흠칫 놀랐다. 후미에 처져 있던 무타이가 따라붙고, 아니, 태수가 쳐다보면서 놀라고 있는 사이에 추월하여 앞으로 쑥쑥 나아가고 있다.

작년 2014년 베를린마라톤대회에서 키메토에 이어 아쉽게 2위를 했던 무타이가 마침내 승부수를 던졌다.

엠마뉴엘 무타이는 작년 이 대회에서 2시간 3분 23초로 그때까지 패트릭 마카우가 지니고 있던 세계기록을 13초 당겼으나 우승인 데니스 키메토에게 겨우 26초 뒤져서 우승을 뺏기는 불운을 겪었었다.

무타이는 태수를 쳐다보지도 않고 잠깐 사이에 5m 앞으로 치고 나갔다.

'너 같은 건 처음부터 내 상대가 아니었다'라고 그의 뒷모습이 비웃는 것 같았다.

착착착착착착······.

"학학학학학······."

그뿐 아니라 왼쪽의 케베데 역시 숏스트라이드로 두 다리가 보이지 않을 정도로 빠르게 달려 나갔다.

이제 태수 앞에는 선두 키메토와 마카우, 그 뒤에 무타이와 케베데가 있으며, 태수 뒤에는 킵상과 킵초게가 따라오고 있는 상황이다.

태수가 km당 2분 50초로 치고 나가는데 무타이와 케베데가 그를 추월했다면 두 사람은 더 빠른 속도라는 얘기다.

'모두 승부를 걸고 있다.'

그렇다면 뒤에서 따라오고 있는 킵상과 킵초게도 지금쯤 스퍼트를 했을 것이다.

더 늦으면 태수 혼자만 낙오되어 낙동강 오리알 신세가 되고 만다.

그러고 있는 사이에 선두의 키메토와 마카우는 태수에게서 15m로 벌렸고, 무타이와 케베데는 10m로 멀어졌다.

그걸 보고 있자니까 불끈! 하고 가슴 밑바닥에서 솟구치는 게 있다.

베이징에서도 북해도와 골드코스트에서도 위기 때마다 느꼈던 묘하게 사람을 흥분시키는 감정이다.

태수는 자기한테 그런 감정이 있다는 사실을 마라톤을 하기 전에는 까맣게 몰랐었다.

그게 무언지 대회가 끝난 후에 아무리 곰곰이 생각해 봐도 알 수가 없었다.

그런 감정은 반드시 마라톤을 뛸 때만, 그리고 위기에 직면했을 때만 활화산처럼 치고 올라온다.

그런데 지금 이 순간 태수는 그게 뭔지 깨달았다.

투지(鬪志)다. 말 그대로 해석하면 싸우려는 의지다.

타타타타타탁—

'2분 45초로 간다!'

태수는 어금니를 악물고 콧김을 세차게 뿜어내며 속도를 조금 더 높였다.

지금까지 27㎞를 오는 동안 숨이 차지 않고 몸에 이상이 없는 것은 다행한 일이다.

그의 짐작으로는 그 상태로 계속 달렸다면 아마도 35㎞ 전후에서 숨이 차고 37㎞ 전후에서는 햄스트링이 당기거나 경련이 온다.

그러고는 러너스 하이와 마의 벽이 찾아올 것이다.

그런데 ㎞당 2분 45초로 달리면 그걸 앞당기게 된다. 모르긴 해도 32~33㎞쯤 가면 몸에 신호가 오지 않을까. 정확한 건 아니지만 대충 그 정도일 것이다.

지금 태수는 명백하게 오버 페이스를 하고 있다. 그렇지만 하지 않을 수가 없다. 이븐 페이스를 고집하다가는 2위권으로 뒤처지고 말 것이다.

지금 시점에서 2시간 3분대로 골인하면 그나마 성공하는 것이다, 라는 시작하기 전의 목표를 밀고 나가는 것은 너무 안이한 생각이다.

자신에 대한 기록 경신도 중요하지만 그보다 더 중요한 것이 승리가 아니겠는가.

작년 베를린마라톤대회에서 2위를 했었던 무타이는 그 당시 세계기록을 13초 경신하는 기염을 토해냈지만 결국 아무

것도 거머쥐지 못했다.

우승을 키메토에게 뺏겼기 때문이다. 그러니까 1위만이 모든 부귀영화를 독식하는 것이다.

'한태수 선수가 자신의 기록을 2분 경신했습니다! 그러나 우승을 하지는 못했습니다! 그래도 기뻐해 주십시오! 국민 여러분!'

그것보다는,

'과연 대한민국의 윈드 마스터 한태수 선수가 다시 한 번 기적을 이루었습니다! 국민 여러분! 한태수 선수가 자신의 종전 기록을 경신했을 뿐만 아니라 베를린마라톤대회에서 우승했습니다! 아아! 이 얼마나 가슴 벅찬 일입니까?'

이러는 것이 훨씬 더 낫지 않겠는가.

태수는 조금씩 숨이 가빠지면서 문득 존경하는 손기정 선생에 대해서 생각이 났다.

1936년 여름 고 손기정 선생은 바로 이곳 베를린에서 열린 올림픽 마라톤에서 우승후보로 꼽히던 아르헨티나의 사발라를 막바지코스 비스마르크언덕에서 추월하여 마침내 2시간 29분 19초의 세계기록을 수립하면서 우승했었다. 그리고 그 기록은 이후 11년 동안이나 깨지지 않았다.

일제 치하에서 손기테이라는 이름으로 우승을 거머쥔 손기정 선생은 머리에 월계관을 쓰고 시상대에 올라 가슴에 새겨진 일장기를 들고 있던 꽃다발로 가리면서 비통한 표정을 지어야만 했었다.

그 당시 동아일보는 손기정 선생의 시상식 장면을 게재하면서 선생의 가슴에서 일장기를 지운 사진을 실어서 배포한 사건으로 인해서 많은 기자가 고초를 당하고 동아일보는 강제 정간을 당하고 말았었다.

귀국길에 그 소식을 전해 들은 손기정 선생은 '다시는 마라톤을 하지 말자'고 다짐했다.

그러나 그로부터 79년이 지난 오늘 코스는 다르지만 그때와 같은 베를린 시내를 대한민국의 건아 한태수가 힘차게 달리고 있다.

왜 지금 이 순간에 태수는 갑자기 손기정 선생이 생각났는지 알 수가 없다.

탁탁탁탁탁탁—

착착착착착착—

"헉헉헉헉헉……."

"학학학학학학……."

35㎞ 지점에 이르렀을 때 선두는 치열한 각축을 벌이고 있었다.

지금까지의 나란히 달리던 체제가 무너지고 일렬종대로 길게 이어져서 달리는 중이다.

선두는 마카우, 그 뒤로 키메토와 무타이, 태수, 케베데, 킵상의 순서다.

킵초게는 킵상 뒤 20m 뒤처져 있으니까 선두그룹이라고 볼 수는 없다.

선두 마카우부터 후미 킵상까지 3m~5m의 간격을 두고 달리는데 이런 상황에서는 누가 선두고 누가 후미인지 별 의미가 없다.

그러나 한 가지 분명한 것은 선두 마카우부터 후미 킵상까지 모두 지쳤다는 사실이다.

견딜 수 없을 정도로 지친 것은 아니지만 다들 27km부터 스퍼트를 했기에 이븐 페이스로 달렸을 때보다 지친 것은 사실이다.

35km 지점까지 걸린 현재 시간이 그걸 말해주고 있다.

1시간 41분 9초. km당 평균 2분 53초 걸렸다는 뜻이다.

그 속도라면 최대 2시간 2분 4초에서 최소 2시간 1분 19초 안에 골인할 수 있다.

최대 2시간 2분 4초라고 해도 세계기록인 2시간 2분 57초보다 53초나 빠른 기록이다.

그렇지만 전문가들은 작년에 수립된 키메토의 2시간 2분 57초라는 세계기록이 기적이라는 평을 내놓았었다.

당사자인 키메토도 그 기록을 경신할 자신이 없다고 말하기까지 했었다.

그러므로 결국 지금 선두그룹을 형성하고 있는 6명은 오버페이스를 하고 있다는 뜻이다.

그러나 현재의 ㎞당 2분 56초의 속도라면 피니시라인에 골인할 때에는 2시간 2분 후반대나 2시간 3분 초중반을 기록하게 될 것이다.

그리고 또한 대부분의 파란은 마라톤의 35㎞ 지점에서부터 일어난다.

러너스 하이와 마의 벽이라는 불치의 병이 35㎞ 지점을 시작으로 저승사자처럼 찾아들기 때문이다.

제일 먼저 축포를 쏘아 올린 사람은 마카우다.

4년 전 세계마라톤의 제왕이었던 이 불운한 사나이는 치열한 각축을 벌이다가 어둠처럼 스며든 러너스 하이를 자각하지 못했다.

러너스 하이가 총에 맞은 것처럼 충격적으로 찾아온다면 그리 무서운 존재가 아닐 것이다.

러너스 하이가 무서운 이유는 그것이 러너스 하이인지 전혀 자각할 수 없도록 마른 모래에 물이 스미듯이 찾아온다는 사실 때문이다.

탁탁탁탁탁탁—

러너스 하이에 빠진 마카우가 확실하게 선두 자리를 굳히려는 계산으로 총알같이 튀어 나갔다.

그리고 마카우의 불운은 또 다른 선수에게도 불운을 전가시켜 주었다.

신의 축복처럼 강림하신 러너스 하이를 마카우 자신조차도 느끼지 못하는데 어떻게 다른 사람들이 알겠는가.

마카우가 냅다 뛰니까 3m 뒤에서 달리던 키메토가 질세라 속도를 높였다.

그런데 파란은 그걸로 끝나지 않았다. 무타이와 킵상마저도 뛰쳐나가더니 태수와 케베데만 덜렁 남았다.

조금 전까지만 해도 선두그룹 6명이 km당 2분 56초 페이스로 달리고 있었는데, 지금 태수가 봤을 때 마카우를 필두로 한 5명의 속도는 최소한 km당 2분 50초다.

태수의 몸이 움찔거렸다. 자기도 지금 속도를 높여서 달려야 한다고, 여기에서 뒤로 처지면 안 된다고 몸이 반응을 하고 있지만 한 가닥 정신이 몸을 붙잡고 있다.

'아무래도 마카우는 러너스 하이 같다. 틀림없다.'

35km면 후반인데 그리고 아까 27km에서 스퍼트를 해서 지쳤을 텐데 이런 상황에서 또다시 스퍼트라니 어딘가 이치에 맞지 않았다.

스퍼트를 해야 한다면 누가 생각하더라도 40km 지점 이후

여야 한다. 여긴 아니다.

'마카우는 러너스 하이고 나머지는 엉겁결에 따라간 것이다. 그러니까 나는 움직여선 안 된다.'

태수가 만약 지금 스퍼트를 해서 마카우를 비롯한 4명을 뒤쫓아 간다면 40㎞쯤에서 기진맥진할 것이다.

더구나 지금 그는 조금 호흡이 가빠지면서 다리가 무거워지고 있는데 스퍼트를 하면 정말 중요한 순간에 사용해야 할 최후의 힘마저 써버리게 된다.

태수는 속도를 줄이지 않은 상태에서 재빨리 뒤돌아보았다.

착착착착착……

5m 뒤에서 케베데가 여전히 따라오고 있다. 그의 얼굴은 일그러졌으며 답답한 표정이 가득했다.

마카우 등을 따라가고 싶은데 그럴 수 없는 안타까운 현실이 얼굴에 드러나 있다.

다시 한 번 뒤돌아보았다. 킵초게는 조금 전보다 더 멀어진 25m 후미에서 묵묵히 따라오고 있다.

다시 앞을 보고 달리면서 태수는 한 가지 결정을 내렸다.

탁탁탁탁탁……

태수는 속도를 조금 올렸다.

여태까지 달리던 속도가 ㎞당 2분 56~57초 페이스였고, 치고 나간 마카우 등이 km당 2분 50초였는데, 태수는 그 중간인 km당 2분 53초를 유지하면서 달렸다.

36km 지점의 시간이 1시간 44분 49초. 재빨리 손목시계를 조작하니까 km당 평균 2분 55초라고 나왔다.

앞으로 남은 거리는 6.195km.

그러나 태수는 6.195km를 지금 속도 km당 2분 53초로 계속해서 달릴 자신이 없다.

마카우가 러너스 하이에 빠진 거라면, 그것이 끝나는 3~5분으로 갈 수 있는 최대 거리는 2.7km 정도다.

머리에서 베타엔돌핀이 빠져나가 현실 세계로 돌아온 이후 마카우는 한동안 km당 3분 5초 이하의 속도로 떨어질 것이 분명하다.

만약 마카우가 러너스 하이가 아니라면 태수는 쪽박을 쓰는 거지만 지금은 그가 러너스 하이라는 가정하에 대처하고 있는 상황이다. 그러니까 이건 도 아니면 모다.

마카우를 뒤쫓아 간 키메토나 무타이, 킵상은 러너스 하이가 아니지만 엉겁결에 km당 2분 50초라는 빠른 속도로 2.7km를 달릴 테니까 몹시 지칠 것이다.

러너스 하이가 끝나서 파김치가 된 마카우가 뒤로 처지는 걸 보면서 그들은 쾌재를 부르며 지친 몸을 이끌고 계속 질주할 것이다.

그때쯤 그들 중에 러너스 하이에 빠지는 사람도 있을 테고 그렇지 않은 사람도 있겠지만 상관없다. 쾌재를 부르면서 질주하는 행동 자체가 바로 러너스 하이다.

그러고는 그들 앞에 악마의 선물 마의 벽이 기다리고 있을 것이다. 마라토너라면 어느 누구도 피해갈 수 없는 전율의 마의 벽.

대부분의 마의 벽은 러너스 하이가 끝난 직후에 폭격처럼 퍼붓는다.

태수의 그런 계산과 바람이 맞아떨어진다면 꿈의 주로 베를린마라톤대회에서의 우승이 먼 나라 남의 얘기만은 아닐 것이다.

탁탁탁탁탁…….

"하아… 하아… 하아……."

태수는 38㎞ 조금 지나 코너를 돈 지점에서 마치 무쇠로 만든 신발을 신은 것처럼 두 다리를 질질 끌면서 힘겹게 달리고 있는 마카우의 뒷모습을 발견했다.

마카우는 태수가 예상했던 것보다 훨씬 더 심한 상태가 되었다.

러너스 하이가 끝난 직후 마의 벽에 시달리고 있는 게 분명했다. 그의 속도는 ㎞당 3분 10초는 될 것 같았다.

현재 38km. 1시간 51분 34초니까 2~3km 이후 마의 벽을 극복하고 제 속도를 찾는다고 해도 너무 늦다.

마카우가 피니시라인을 2시간 3분대에 통과하기는 불가능할 것이다.

베를린마라톤대회는 순환코스다. 말하자면 한 번 달렸던 주로를 하프 반환점을 돌아서 다시 달리는 것이 아니라 메트로폴리스에서 출발하여 베를린 시내를 한 바퀴 둥글게 순환하여 브란덴부르크 문을 통과하여 골인한다.

탁탁탁탁탁—

"헉헉헉헉헉……."

자기도 모르는 사이에 km당 2분 56초로 속도가 떨어졌던 태수는 조금 발을 빨리하여 마카우를 추월했다.

태수의 전방 200m쯤에 킵상의 뒷모습이 보였다. 그 앞 30m쯤에는 코너가 있는데 아무도 보이지 않았다.

킵상 앞에서 달리는 키메토와 무타이는 코너를 돌아갔는데 태수하고 거리가 얼마나 되는지 알 수가 없다.

이제 남은 거리는 4km가 채 못 된다. 태수 앞에서 달리고 있는 킵상이나 키메토, 무타이는 마의 벽에 빠지지도 않은 듯이 잘 달리고 있다.

같은 아프리카계인 마카우가 마의 벽에 허덕이는 모습하고는 대조적이다.

러너스 하이에 **빠**졌던 마카우나 **빠**지지 않았지만 러너스 하이처럼 달렸던 키메토, 무타이, 킵상은 마의 벽마저도 비껴 간 것처럼 달리고 있다.

탁탁탁탁탁탁탁······.

"헉헉헉헉헉······."

현재 태수의 속도는 ㎞당 2분 55초 페이스다. 마카우를 추월할 때 속도가 조금 올라갔다가 다시 떨어졌다.

이 속도로 계속 달리면 2시간 3분 10초 전후에 골인하게 된다. 2시간 3분대에 골인하는 것으로 소기의 목적은 달성할 수 있다.

매우 지쳤지만 태수는 최후의 스퍼트를 할 한 움큼의 여력만은 남겨두었다.

그렇지만 4㎞나 남은 지금은 스퍼트를 할 때가 아니다. 현재 태수에게 남은 여력으로는 1.5㎞~2㎞를 2분 50초의 스피드로 전력 질주할 수 있을 것이다.

그러나 그는 아직 러너스 하이와 마의 벽을 넘지 못했다. 언제 엄습할지 모르는 그 두 개의 난관을 넘어서야지만 승부든 뭐든 걸어볼 수 있을 것이다.

그나마 한 가지 위로는 키메토나 무타이, 킵상도 아직 러너스 하이와 마의 벽이 찾아오지 않은 것 같다는 사실이다.

다시 말해서 태수를 비롯한 이들 4명은 현재 거의 비슷한 상황에 처해 있다는 것이다.

다만 아프리카계 선수 3명이 앞서 있고 태수가 가장 후미에서 달리고 있다는 사실이 다를 뿐이다.

탁탁탁탁탁탁⋯⋯.

"헉헉헉헉헉헉⋯⋯."

지금 이 순간의 태수는 한 걸음 한 걸음이 쇳덩이를 옮기는 것처럼 무겁고 호흡이 매우 짧아졌다.

37㎞ 지점까지만 해도 물이 흐르듯 부드럽게 달렸는데 지금은 한 걸음 착지를 할 때마다 다리가 부서지는 것 같고 뇌가 쿵쿵 울렸다.

"어헉⋯ 헉헉헉⋯ 허억⋯ 헉헉⋯⋯."

게다가 호흡이 불규칙하다. 후우, 후우, 하아, 하아가 아니라 훅학훅학이다.

짧아진 한 번의 호흡으로 충분한 산소를 공급하지 못하기 때문에 자꾸 숨을 더 쉬게 되고, 그래서 왼발을 내뻗을 때마다 내쉬고 들이쉬던 밸런스가 무너져서 왼발 오른발 아무 때나 들숨 날숨을 쉬게 되었다.

호흡이 무너지면 몸 전체 밸런스도 함께 무너져 버리는 건 기본 상식이다.

'하필 이럴 때⋯⋯.'

그리고 태수는 뒤늦게 자신이 이미 마의 벽에 부닥쳐 있다는 사실을 깨달았다.

러너스 하이와 마의 벽의 공통점이 3개 있는데 하나는 마라토너에게 독약 같다는 것이고, 또 하나는 쥐도 새도 모르게 찾아온다는 것이며, 마지막 하나는 둘 다 끝나고 나면 파김치가 된다는 사실이다.

다른 점은 많지만 그중에 가장 큰 것은 러너스 하이는 끝나야 깨닫게 되고 마의 벽은 빠지고 나서 안다는 것이다.

탁탁탁탁탁탁…….

"허억… 헉헉헉… 허억……."

엉망진창이 된 태수는 자신이 지금 km당 얼마의 페이스로 뛰고 있는지도 가늠하지 못했다.

마의 벽은 몸만 망가뜨리는 게 아니라 정신까지도 황폐화시키기 때문이다.

이번에 태수는 러너스 하이가 오는 듯 마는 듯 느낄 새도 없이 사라져 버리고 마의 벽이 들이닥쳤다. 그의 경험으로도 전문가들의 의견으로도 마의 벽 다음에 러너스 하이가 찾아오는 경우는 전무하다고 입을 모은다.

어쩌면 러너스 하이가 태수에게 찾아왔는데 아주 약하게 스쳐 지난 모양이다.

현재 페이스를 계산할 두뇌는 없지만 짐작은 할 수 있다. 아마도 km당 2분 58~59초. 어쩌면 3분대로 떨어졌을지도 모른다.

'니기미… 끝났다.'

원래 태수는 포기를 모르는 성격이지만 지금 이런 상황에서는 어쩔 도리가 없다.

이제 불과 4km도 채 남지 않은 상황에서 말 같지도 않은 상황에 처하다니. 마의 벽이 끝날 때쯤에는, 아니, 골인할 때까지 마의 벽이 계속될 수도 있고 그전에 끝난다고 해도 이미 게임 오버의 상황일 것이다.

킵상은 이미 코너를 돌아가서 보이지 않는다. 대회 전에 심윤복 감독하고 코스 답사를 했을 때 이 지점을 지났던 기억이 난다.

아마도 코너를 지나면 마지막 직선주로가 2.8km 정도 이어지고 나서 그다음은 브란덴부르크 문을 향하는 마지막 코너, 그리고 게이트를 통과해서 300m를 달려가면 피니시라인이다.

다 합쳐서 3.2km다. 늘 그렇듯이 지금까지 달려온 39km는 바로 이 순간을 위해서 존재하는 것이었다.

42개의 계단을 딛고 정상에 올라서기 위해서 39개의 계단을 밟고 올라왔으며 이제 3개만 더 올라가면 되는데 브란덴부르크 문 위에서 승리의 쾨드리가를 몰던 행운의 여신이 그를 비껴가고 있다.

탁탁탁탁탁……

"하악하악하악하악……."

태수를 중계하고 있는 것은 대한민국의 KBS와 MBC 모터바이크뿐이다.

아마도 태수가 불안정하게 달리는 모습과 거친 숨소리가 대한민국 중계방송 카메라에도 고스란히 잡히고 있을 정도일 거다.

태수는 마침내 코너를 돌았다. 아까 코너를 돌기 전 직선주로에서 후미의 킵상이 태수하고 200m 거리였는데 지금은 더 벌어졌을 것이다.

그런데 그게 아니다.

'어……?'

태수는 전방 150m쯤에서 달리고 있는 킵상의 뒷모습을 발견하고 조금 어이없는 표정을 지었다.

태수는 정신이 조금 혼란스러워졌다. 그는 마의 벽에 빠진 상태라서 속도가 떨어졌을 것이고, 반대로 킵상은 더욱 멀어졌을 텐데 어째서 가까워진 것인지 순간적으로 이해가 되지 않았다.

'킵상도 마의 벽인가?'

잠시 후에 얼핏 떠오른 생각인데 그게 맞는 것 같다. 그게 아니면 지금 상황을 이해할 방법이 없다.

태수는 자각하지 못하고 있지만 현재 그의 속도는 km당 2분

55초다.

마의 벽이 태수의 정신과 몸을 황폐화시켰지만 무의식을 지배하지는 못했다.

마의 벽은 의식적인 것에만 영향을 미친다. 그렇지만 태수는 지금까지 줄곧 윈마주법으로 km당 2분 54~56초를 유지해서 달렸다.

윈마주법은 의식하면서 달리는 게 아니라 물 흐르듯이 무의식적으로 달리는 주법이다.

오른발이 나가면 두뇌가 명령하지 않아도 자연스럽게 왼발이 나가고, 이 시점에서 오른발은 다시 나갈 준비를 한다. 그게 바로 윈마주법이다.

그렇지만 프론트풋 착지주법은 의식을 하지 않으면 안 된다. 매 착지 때마다 점프를 해야 하기 때문이다. 윈마주법이 굴러가는 거라면 프론트풋 착지주법은 껑충껑충 뛰는 것이라고 할 수 있다.

굴러가는 것은 가속도가 붙으면 무의식적으로도 가능하지만 점프는 정신이 있어야지만 가능하다.

그렇지만 마의 벽 상태에서 제정신이 아닌 태수는 그걸 모르고 있다.

그저 킵상도 마의 벽에 빠진 것이라고만 생각했는데 그것도 틀리지 않다.

하지만 킵상의 달리는 모습을 뒤에서 봤을 때 마의 벽에 빠진 사람이라고는 생각되지 않을 정도로 안정된 주법으로 달리고 있었다.

탁탁탁탁탁탁······.

"하악하악하악······."

그런데도 태수는 킵상과 거리를 조금씩 좁히고 있다는 사실을 느꼈다.

'아······.'

그래서 태수는 자신이 마의 벽에 부닥쳐서 온몸이 부서지는 듯이 아프고 정신 상태는 흐리멍덩하지만 달리는 속도는 변함없다는 사실을 깨달았다.

'원마주법이다!'

흘러가는 물에 한 조각 낙엽처럼 몸을 띄우면 물이 흘러가는 대로 두 다리가 알아서 달린다. 그게 원마주법이다.

아프리카계 선수들은 힘들어도 얼굴 표정에 변화가 거의 없으며 겉보기에는 주법에도 별다른 변화가 없다. 다만 속도가 조금 떨어질 뿐이다.

태수도 마의 벽이고 킵상도 마의 벽. 둘 다 똑같은 조건이지만 태수에겐 원마주법이 있어서 더 유리하다.

그때 문득 태수는 킵상 앞쪽에 누군가 달리고 있는 모습을 발견했다.

무타이와 키메토다. 둘이서 각축을 벌이고 있는데 무타이가 조금 앞서 있다.

그런데 태수를 번쩍 정신이 들도록 만든 것은 앞선 무타이와 키메토가 킵상하고 50m 거리밖에 떨어지지 않았다는 사실이다.

태수하고 킵상의 거리가 이제는 100m로 좁혀졌다. 그렇다면 태수에게서 무타이와 키메토하고의 거리는 불과 150m라는 얘기다.

마침 태수 옆 도로변에 거리 표시가 나왔다. 정확하게 40km 지점을 통과하고 있는 중이다.

현재 시간은 1시간 56분 42초.

km당 2분 55초로 달릴 경우 남은 2km를 가는 데 5분 50초가 걸리고 0.195km, 그러니까 195m를 가는 데 34초가 걸린다. 합치면 6분 24초.

현재 시간 1시간 56분 42초에 6분 24초를 더하면 2시간 3분 6초가 된다.

키메토가 수립한 세계기록 2시간 2분 57초를 9초 초과하는 시간이다.

이 시점에서 태수로서는 세계기록이 욕심은 난다. 아니, 욕심 정도가 아니라 몸이 가루가 되는 한이 있어도 한번 경신해 보고 싶다.

그렇지만 욕심은 그저 욕심으로 끝내야 한다. 태수는 지금 자기가 km당 얼마의 속도로 달리고 있는지도 모르고 있는 상태다.

게다가 마의 벽에 빠져 있는데 피니시라인까지 100m 앞의 킵상만이라도 추월하여 3위라도 하면 그나마 천만다행인 것이 현재의 상황이다.

탁탁탁탁탁탁…….

"학학학학학학학……."

태수는 킵상과의 거리가 약 70m로 좁혀진 것을 확인하고는 한 가지 사실을 깨달았다.

지금 태수 앞에서 달리고 있는 3명 키메토와 무타이, 킵상은 아까 마카우가 러너스 하이에 빠져서 오버 페이스를 할 때 같이 내달렸었다.

그 이후 이들 3명은 줄곧 선두를 지키면서 달리고 있는 중이다.

그게 무엇을 뜻하는지 태수는 비로소 깨달았다. 기진맥진해서 떨어져 나간 마카우나 지금 선두를 지키면서 달리고 있는 3명은 사실 대동소이한 실력이다.

모두 케냐인이고 자라온 환경이나 훈련 과정, 최고기록도 비슷비슷하다.

그날 우승을 하고 세계기록을 경신하는 것은 그날의 컨디선이 좌우한다.

그러므로 마카우가 떨어져 나갔다면 그와 함께 오버 페이스를 한 키메토와 무타이, 킵상도 비슷한 처지일 것이다.

그들은 지금 간신히 달리고 있을지도 모른다. 아니, 태수와의 거리가 조금씩 좁혀지는 것을 보면 거의 확실하다.

거기까지 생각이 미친 태수는 한번 해보고 싶다는 투지가 불끈 치솟았다.

이건 마음만 앞서는 욕심이 아니라 투지다. 그리고 할 수 있다는 자신감이다.

마라톤, 그것도 신기록의 산실이라는 베를린마라톤대회에서 다시 뛰려면 내년 9월까지 기다려야 한다.

아니, 기다리고 자시고 간에 마지막 2km를 남겨두고 최후의 스퍼트 한 번 못 해본다는 것 자체가 말이 되지 않는다.

태수는 마지막 스퍼트를 위해서 한 움큼의 여력을 간직해두고 있는 상태다.

마의 벽에 빠졌다고는 하지만 지금 여기에서 그 한 움큼의 여력을 사용하지 못하고 또 스퍼트 못 하면 죽을 때까지 두고두고 한이 될 것 같다.

세계6대메이저대회 중에서 베를린의 코스가 가장 평탄하기 때문에 여기에서 세계기록을 경신하지 못하면 다른 대회에서는 꿈도 못 꾼다.

"학학학학학학… 씨팔… 뛰다가 죽자… 학학학……."

태수 오늘 욕 많이 한다.

그런데 그가 욕을 내뱉을 쯤에 마의 벽이 극복되고 있는 느낌을 받았다.

41㎞ 지점. 선두 무타이 앞에서 달리고 있는 BMW i3의 전자시계는 1시간 59분 34초다.

태수는 40㎞에 1시간 56분 42초였는데 41㎞까지 1㎞를 2분 52초로 달린 것이다.

앞으로 남은 1.195㎞를 3분 22초 이내에 뛰면 2시간 2분 57초의 세계기록을 1초 차이로 경신하게 되는 말도 안 되는 이변이 벌어질 것이다.

그러자면 최소한 ㎞당 2분 49초의 속도로 달려야 한다.

그런 복잡한 계산은 손목시계를 조작해야만 알 수 있는데 희한하게도 태수는 그냥 머릿속에서 계산이 좍 나왔다.

훈련을 하면서 하도 계산을 많이 해봐서 거리와 시간, 시속 같은 것은 그냥 좔좔 나온다.

㎞당 2분 49초면 초속 5.93m/s. 5.93×33=195.69m.

그러면 앞으로 남은 1.195㎞를 정확하게 3분 22초에 골인하면 세계기록을 1초 경신하게 된다.

그런 복잡한 계산을 극도로 지친 몸으로 달리면서도 하다니 태수는 천재다.

'구르자!'

태수는 몸이 굴러간다고 생각했다. 윈마주법은 흐르는 물 위에 떠 있는 가랑잎 같다. 그렇지만 가랑잎이 아니라 바퀴라면 흐르는 물 위에서도 구를 수 있을 거라고 얼토당토않은 생각을 했다.

'내 다리는 바퀴다.'

늘 그렇지만 마라톤대회 피니시라인을 1km쯤 남겨두면 제정신이 아니다.

'이건 베이징 5,000m 2랩을 남겨두고 마지막 스퍼트를 하는 거다!'

태수는 지난 베이징세계선수권대회 5,000m 파이널에서 마지막 스퍼트를 했을 때 스트라이드가 2m 20cm에 달했으며 분당 주행회수는 무려 225회였다.

그 대회에서 태수는 단거리 스피드를 최고로 올리는 방법을 완벽하게 터득했으며 결국 세계 신기록을 수립했었다.

지금이 바로 그때의 단거리 스피드를 발휘할 때다. 100%가 아니더라도 80%면 된다.

태수는 킵상을 추월하면서 알게 된 사실이지만 킵상은 km당 거의 3분 이하로 달리고 있다.

탁탁탁탁탁탁⋯⋯.

"하앗! 하앗! 하앗! 하앗!"

태수는 킵상에 이어서 ㎞당 2분 58~59초의 속도인 무타이와 키메토를 41.3㎞ 지점에서 추월했다.

이제 우승은 따놓았다. 재수 없이 아스팔트에 나뒹굴지만 않으면 태수가 제일 먼저 피니시라인을 통과할 것이다.

잠시 후 태수의 코앞에 브란덴부르크 문이 보였다.

그 위 4마리 말이 끄는 마차 승리의 콰드리가에 탄 승리의 여신 브라운슈바이크의 여신 브루노니아도 보였다.

그녀가 태수를 굽어보면서 '당신이 승자예요'라고 말하면서 미소를 보내주고 있는 것 같았다.

탁탁탁탁탁탁―

"하앗! 하앗! 하앗! 하앗!"

완벽한 윈마주법을 구사하면서 동시에 프론트풋 착지를 하고 있는 태수는 바람을 가르면서 브란덴부르크 문을 통과했다.

와아아아―

연도에 늘어선 수천 명 베를린 시민의 환호가 태수의 귀를 먹먹하게 만들었다.

선도차는 물러났지만 저 앞 200m 거리에 있는 피니시라인 아치의 시계가 반짝이면서 2시간 2분 13초를 나타내고 있는 게 똑똑하게 보였다.

그때 연도에서 누군가 날카롭게 외쳤다.

"생탁 총각! 파이팅!"

태수가 힐끗 쳐다보니까 오른쪽 연도 맨 앞에 한 아주머니가 미친 듯이 태극기를 흔들면서 '생탁 총각!'을 외치고 있다.

대회 전날 찾아갔었던 베를린 시내의 한식집 '한옥'의 주인 아주머니다.

태수의 눈에 아주머니가 펑펑 눈물을 흘리고 있는 모습이 똑똑하게 보였다.

"대한민국! 대한민국!"

어디선가 몇 명이 합창을 하는 소리도 들렸다.

피니시라인이 30m 앞으로 다가왔다. 시계는 2시간 2분 34초를 가리키고 있다.

탁탁탁탁탁탁……

"하악, 하악, 하악, 하악……."

태수는 전율이 머리 꼭대기에서 발끝까지 관통하면서 마치 구름 위를 달리는 듯한 착각에 빠졌다.

웃기는 일이다. 러너스 하이다. 어떻게 마의 벽 다음에 러너스 하이가 거꾸로 찾아들 수 있다는 말인가.

피니시라인 안쪽에 민영과 심윤복 감독이 서서 눈물을 흘리고 있는 모습이 보였다.

민영은 베를린마라톤대회에 마스터즈로 참가를 했었는데

어째서 저기에 있는지 모를 일이다.

러너스 하이의 몽롱하고 상쾌한 상황에서도 태수는 그런 생각이 들었다.

탁탁탁탁탁탁……

"학학학학학학……"

마지막 피치를 올려 달리고 있는 태수 앞쪽 좌우에서 진행 요원 두 명이 한쪽 무릎을 꿇고 두 팔을 피니시라인 안쪽을 향하며 '어서 옵서' 자세로 태수를 맞이하고 있다.

태수의 10m 앞에 동그란 BMW 마크가 3개 그려지고 42.BERLIN이라고 적힌 테이프가 커다랗게 가로막고 있다.

태수가 저걸 끊으면 마라톤의 역사를 새로 쓰는 것이다.

파아아—

태수는 가슴을 테이프에 부딪치면서 피니시라인을 통과할 때 두 팔을 번쩍 치켜들었다.

"학학학학학학학……"

피니시라인을 통과해서도 속도를 줄여 10m쯤 달려 나간 태수는 제자리 뛰기를 하며 뒤돌아섰다.

아직 러너스 하이 상태인 태수는 조금도 지치지 않은 싱그러운 표정으로 시계를 쳐다보았다.

아치 위의 전자시계는 2시간 2분 52초를 가리키고 있으니까 태수가 피니시라인을 통과할 때는 그보다 조금 앞선 시간이었을 것이다.

"하아악… 하아악… 하아악……."

태수는 기분 좋은 숨 가쁨을 느끼면서 두리번거리다가 민영이 주저앉아서 두 손으로 얼굴을 가린 채 울고 있으며 그 옆에 심윤복 감독이 우두커니 서서 태수를 쳐다보며 아이처럼 눈물을 흘리고 있는 모습을 발견했다.

"학학학… 감독님… 민영아……."

심윤복 감독과 민영에게 걸어가는 태수의 어깨에 여자 진행요원이 커다란 타월을 덮어주었다.

"오빠……."

민영이 눈물범벅인 얼굴을 들어 태수를 바라보았다.

"어쩌려고 그래……."

"헉헉헉… 무슨 말이야?"

"오빠 왜 그렇게 멋진 거야……."

태수는 소금 알갱이 범벅인 얼굴에 미소를 지으며 손을 뻗어 민영을 일으켜 주었다.

일어나면서 민영은 와락 태수 품에 안겼다.

"대단해 오빠… 최고야… 지구에서 제일 멋진 사내야……."

심윤복 감독이 울먹이면서 아치의 전자시계를 가리켰다.

"태수야… 이 미친놈아. 내가 언제 세계 신기록을 세우라고 그랬냐……."

"몇 초에 들어왔습니까?"

"2시간 2분 45초다, 인마."

태수는 품에 안겨서 울고 있는 민영의 등을 쓰다듬으며 흐뭇한 미소를 지었다.

키메토의 기록 2시간 2분 57초를 12초 경신했다.

그때 결승선으로 킵초게가 골인하고 있으며 그 뒤로 달려오고 있는 케베데가 보였다.

키메토와 무타이, 킵상은 그제야 브란덴부르크 문을 통과하고 있었다.

그들은 오버 페이스의 대가를 톡톡히 치렀다.

제23장
시카고의 윈드 마스터

베를린마라톤대회에서 대한민국의 신예 한태수가 마라톤 세계기록을 경신했다는 소식은 전파를 타고 전 세계로 순식간에 퍼져 나갔다.

1936년 손기정 선생이 베를린 올림픽 마라톤에서 세계 신기록으로 우승한 데 이어서 대한민국 선수 한태수가 세계 신기록을 수립했다고 각 나라마다 아우성이다.

대한민국도 마라톤 붐이 상당하지만 아직 북미나 유럽, 일본에 비하면 아직 마라톤 붐이 덜 조성됐다. 선진국 사람들은 마라톤이 생활 자체인 경우가 흔하다.

그렇기 때문에 한태수라는 선수가 세계에서 가장 빠른 남자로 등극한 것에 대한 반응이 대한민국과 선진 각국들이 다를 수밖에 없다.

어쨌든 이유는 다르지만 태수의 마라톤 세계 신기록 수립이 대한민국을 발칵 뒤집어엎은 것만은 사실이다.

만약 대한민국이 유럽이나 북미, 일본 같은 마라톤 사랑과 열기에 휩싸여 있다면 그 반응은 지금보다 훨씬 더 굉장할 것이다.

그렇더라도 동양인이, 그것도 극동의 작은 나라 대한민국 사람이 마라톤에서 세계 신기록을 수립했다는 사실은 귀를 의심할 일이다.

대한민국뿐만 아니라 가까운 일본과 중국의 국민들도 둘만 모이면 한태수의 마라톤 세계기록 수립에 대해서 이야기꽃을 피웠다.

태수가 베를린에 왔을 때는 한 푼의 초청비도 받지 못했었지만 세계기록을 경신한 후에는 독일을 비롯한 유럽 각국에서 그를 모셔 가려고 야단법석을 떨었다.

그렇지만 태수는 베를린마라톤대회가 끝난 그날 저녁에 제일 먼저 찾아간 곳이 있다.

딸랑—

태수가 베를린 시내 한식집 한옥의 문을 밀자 문에 달려 있는 방울이 영롱한 소리를 냈다.

한국의 전통 한옥 풍으로 조성된 실내에는 손님이 가득했고 모두들 한국의 맛을 즐기면서 대화를 나누는 여유 있는 광경이다.

곱게 한복을 차려입은 젊은 아가씨가 태수에게 다가와서 독일어로 뭐라고 물었지만 태수는 알아듣지 못했다.

"빈자리 없습니까?"

"예약하셨나요?"

태수가 한국어로 묻자 아가씨는 곧장 한국어로 물었다.

"하지 않았습니다."

"저녁 6시부터 8시까지는 예약 손님만 받습니다."

아가씨는 곤란하다는 표정을 지었다.

딸랑—

그러다가 문을 열고 뒤따라 들어서는 민영을 보고는 얼굴이 크게 흔들리더니 곧 크게 놀랐다.

"아프로디테 디바 이민영 씨… 아닌가요?"

민영은 태수의 팔짱을 끼면서 물었다.

"맞아요. 그런데 자리가 없나 보죠?"

아가씨는 태수와 민영의 다정한 모습을 보더니 새삼스럽게 태수를 보면서 크게 놀라는 표정을 지었다.

"아아… 윈드 마스터 한태수 씨로군요……!"

태수는 민영의 연인으로 알려졌기 때문에 민영이 태수의 팔짱을 끼는 걸 보고 직감한 것이다.

민영 뒤로 고승연과 윤미소, 신나라, 손주열, 심윤복 감독, 나순덕 등이 줄줄이 들어왔다.

그때 안쪽에서 한복을 입은 주인아줌마가 나오다가 태수를 발견하고 비명을 지르며 달려왔다.

"어머나! 생탁 총각!"

40대 후반의 아담한 체구의 아줌마는 태수에게 달려와서 아들이나 조카처럼 얼싸안았다.

"생탁 총각이 베를린마라톤대회에 나가는 줄 알았으면 어제 맛있는 거 더 많이 해줬을 텐데."

"엄마, 생탁 총각이 아니라 한태수 씨라고 내가 아까 가르쳐 줬잖아."

"그래, 태수 총각. 다시 와줘서 고마워요."

아줌마는 태수의 손을 잡고 안으로 이끌다가 잠시 멈추고 손님들에게 유창한 독일어로 태수를 소개했다.

태수 일행 중에는 독일어를 아는 사람이 없지만 주인아줌마가 태수를 오늘 열린 베를린마라톤대회 우승자라고 소개한다는 걸 다들 짐작했다.

아줌마의 소개말이 끝나자 실내 여기저기에서 와아! 하는 함성과 박수가 터졌다.

주인아줌마가 마련해 준 자리에 태수와 민영 등 일행이 둘러앉아서 즐겁게 대화를 나누며 맛있는 식사와 술을 마셨다.

"태수 총각이 우리 가게에 다시 찾아올 줄은 몰랐어요."

끊임없이 맛있는 요리를 테이블로 가져오는 주인아줌마는 감격이 지워지지 않은 얼굴로 태수에게 말했다.

"골인하기 직전에 아주머니께서 태극기를 흔들면서 응원하는 모습을 봤습니다. 그때 대회가 끝나면 여기에 꼭 다시 찾아와야겠다고 생각했습니다."

"나는 설마 우리나라 사람이… 그것도 지난밤에 우리 가게에서 생탁 막걸리를 같이 나눠 마신 총각이 일등으로 들어올 줄은 상상도 못했어요. 어찌나 기쁘고 감격스럽던지……."

아줌마는 그때 생각을 하는지 또 눈시울이 붉어졌다.

"태수 총각, 장가갔어요?"

아줌마는 때마침 요리를 가져온 한복 아가씨, 즉 딸을 한번 쳐다보고는 태수에게 슬쩍 물었다.

"아직 미혼입니다."

"옴마나! 그럼 우리 딸 어때요?"

아줌마는 손뼉을 치고는 재빨리 딸을 붙잡아 세웠다.

"엄마, 여기 이민영 씨가 태수 씨 애인이야."

딸은 얼굴이 빨개져서 태수 옆에 앉아 있는 글로벌 미녀 민영을 가리켰다.

"아… 그래?"

아줌마는 겸연쩍게 웃었다.

"호호홋! 하긴 태수 총각처럼 잘생기고 훌륭한 청년에게 애인이 없다는 건 말이 안 되지."

"오늘 모두 잘해줬다. 이제 나는 정말 여한이 없다."

심윤복 감독이 아직도 흥분이 가시지 않은 얼굴로 모두를 둘러보며 치하했다.

"태수는 물론이고 나라와 주열이도 잘했다. 기대 이상의 성적을 거두었다."

신나라는 예상했던 것 이상으로 선전했다. 베이징세계선수권대회 마라톤에서 2시간 27분 45초로 7위를 했었는데 이번 베를린마라톤대회 여자 부문에서 2시간 23분 26초로 3위에 올랐다.

신나라는 동메달을 받은 것은 물론이고 3만 유로의 상금도 챙겼다.

손주열은 베이징에서 2시간 9분 32초로 8위를 했었는데 이번 베를린마라톤대회에서는 2시간 8분 43초로 19위를 마크

했다.

자신의 기록을 단축했지만 베를린마라톤대회에 날고 기는 선수가 많이 참가한 탓에 순위는 오히려 하향됐다.

신나라는 만족한 듯 방그레 미소 지으며 옆에 앉은 태수의 팔을 가슴에 꼭 안았다.

"선배님이 윈마주법을 가르쳐 주신 덕분에 4분 19초나 기록을 단축했어요."

그러고는 심윤복 감독을 보며 말을 이었다.

"그리고 감독님 작전대로 남자 4위 그룹에 섞여서 끝까지 달린 게 성공했어요."

손주열은 아쉬운 표정을 지었다.

"나도 윈마주법을 제대로 익혔으면 2시간 5분대까지 단축할 수 있었는데……."

심윤복 감독이 벌떡 일어나더니 갑자기 고개를 숙였다.

"태수, 나라, 주열아. 너희들 정말 고맙다."

"아유~ 감독님!"

"왜 이러십니까?"

태수와 신나라, 손주열은 우르르 일어나서 허둥거렸다.

"그런데……."

분위기가 좀 가라앉기를 기다렸다가 윤미소가 메모해 놓은 것을 꺼내서 들여다보며 태수를 쳐다보았다.

"대회 주최 측인 BMW에서 우승 상품으로 신형 530d를 줬는데 어떻게 할 거야? BMW에서 자기네 전용선으로 한국까지 실어주겠다는데."

태수는 지난번에 타라스포츠하고 재계약을 했을 때 벤틀리 플라잉스퍼를 받아서 BMW M50D와 함께 차가 2대가 됐으니까 우승 상품으로 받은 BMW 530d는 필요가 없다.

원래 태수는 자동차과를 나왔기 때문에 차에 대해서는 잘 알고 있으며 갖고 싶은 차가 무지하게 많았었다.

그러나 막상 지구상에 나와 있는 어떤 차라도 살 수 있는 능력이 되니까 차에 대한 욕심이 거의 사라졌다.

아마도 생활이 좀 안정되고 자리가 잡히면 모를까 지금은 마라톤에만 전념하고 싶은 생각이다.

또한 우승 상품으로 나온 BMW 530d는 중형 승용차로서 그가 갖고 있는 2대의 차에 비해서 성능이나 격이 많이 떨어지기 때문에 전혀 욕심이 없다.

참고로 윤미소는 5년쯤 지난 경차 마티즈를 몰고 있으며, 고승연은 10년이 훨씬 넘은 아반떼를, 신나라는 운전면허 자체가 없고, 손주열은 처음 타라스포츠와 계약했을 때 할부로 기아차 K5를 뽑았다.

윤미소는 태수가 우승 상품 BMW 530d를 갖지 않을 거라는 사실을 이미 짐작하고 그 차를 자기에게 줄 것이라고 거의 확신하고 있었다. 그래서 이 자리에서 일부러 우승 상품 얘기를 꺼낸 것이다.

그러나 태수는 윤미소에겐 눈길조차 주지 않고 맞은편에 앉아 소주잔을 들고 있는 심윤복 감독을 보며 정중한 자세를 취했다.

"감독님께서 받아주시겠습니까?"

"컥!"

심윤복 감독은 소주를 마시다가 사래가 들려서 한동안 콜록거렸다.

"콜록… 콜록… 태수 너……."

태수는 심윤복 감독이 연식 오래된 소나타를 몰고 있다는 사실을 알고 있었다.

몇 번이나 새 차를 사드리고 싶었지만 주제넘은 짓인 것 같아서 망설였는데 지금이 딱 좋은 찬스다.

그러나 심윤복 감독은 손을 휘이휘이 저었다.

"외제차는 기름 많이 먹어서 안 탄다."

"디젤이라서 지금 타고 계신 소나타보다 연비가 좋습니다. 14.3㎞나 갑니다. 경유는 휘발유보다 값도 싸고."

태수는 차에 대해서 훤하다.

"외제차는 세금 많이 나온다."

심윤복 감독은 제자에게 차를 받을 마음이 아예 없기 때문에 무슨 핑계라도 계속 나올 것이다.

"받아요, 그냥."

그때 심윤복 감독 옆에 앉아 있던 나순덕이 젓가락으로 요리를 뒤적이며 중얼거리듯이 말했다.

심윤복 감독이 쳐다보니까 그녀는 그를 똑바로 보면서 강단 있게 말했다.

"쑥스러운 건 잠깐이면 끝나지만 편안한 건 최소 몇 년은 갈 거예요. 그러니까 그냥 고맙다, 잘 타마, 하고 받아요. 그게 태수 씨의 성의를 무시하지 않는 방법이기도 해요."

"어……."

요즘 들어서 심윤복 감독은 나순덕에게 꼼짝하지 못하는 경향이 있다.

심윤복 감독은 10여 년 전에 병으로 부인을 잃고 남매 둘을 여태 혼자 키워서 딸은 시집보냈고 아들은 군대 갔다 와서 직장을 알아보고 있는 중이다.

나순덕은 올해 30세지만 어려 보이는 외모 때문에 20대 중반으로 보인다.

그녀는 처음부터 심윤복 감독에게 스카우트되어 이날까지 한솥밥을 먹으면서 그를 스승이나 아버지처럼 모셨으나 차츰 남녀의 관계로 발전했다.

나이 차이가 25살이나 나는데도 연인이라니 이런 대목에서는 남자들이 날강도 소리를 들을 만하다.

"고맙다. 잘 타마."

심윤복 감독은 어색한 얼굴로 나순덕이 시키는 말만 앵무새처럼 했다.

"태수 이번에 상금 꽤 되지?"

대여섯 잔 술에 얼큰해진 손주열이 부러운 표정을 지었다.

"난 잘 모르겠어."

윤미소가 사무적인 표정으로 손주열에게 말했다.

"우승 상금 20만 유로에 세계기록 경신 포상금 30만 유로, IAAF(국제육상연맹)에서 세계기록 경신 포상금으로 내놓은 20만 달러야."

"그게 우리 돈으로 얼만데?"

"약 8억 4,810만 원쯤 돼."

"대박이다……"

손주열이 침을 질질 흘렸다.

"거기에 타라스포츠에서 포상금으로 받을 금액이 153억 원이야."

"꿍……"

태수는 타라스포츠와 재계약을 하면서 세계기록을 경신했을 때 포상금 100억은 그대로 놔두고 우승 상금을 20억에서

50억으로 대폭 상향 조정했고, 한 대회 참가비를 3억으로 조정했었다. 그래서 153억 원이 되는 것이다.

"아마 거기에 플러스알파가 있을 거예요."

"플러스알파라뇨?"

"회사에서 대충 2백억은 만들어주지 않겠어요?"

"2… 2백억……."

손주열은 입에서 거품이 나오는 표정을 지었다.

당사자 태수는 무덤덤한 얼굴이고 다들 고개를 끄떡이는데 손주열만 경악을 하는 표정이다.

탁.

심윤복 감독이 소주잔을 내려놓으며 진지한 얼굴로 말했다.

"태수가 이루는 것을 보면 그만큼 받아도 된다. 아니, 다른 나라 같았으면 더 받을 수도 있지, 암."

심윤복 감독이 돈에 대해서 언급한 것은 처음이다. 민영이 들으라고 하는 소리다.

"또 재계약하라는 말씀이세요?"

민영이 난색을 표하자 심윤복 감독은 민망한 얼굴로 손을 저었다.

"아니, 말하자면 그렇다는 거요. 흠."

윤미소가 토를 달았다.

"그래도 태수 연간 수입은 세계 10위권에도 들지 못해."

"그래?"

"현재 스포츠 스타 세계최고수입이 누군지 알아?"

"모르겠는데……."

"미국의 복싱선수 메이웨더야. 연간 수입 1억 5천만 달러로 부동의 1위지."

"그게 도대체 얼마야?"

"1,662억 원이야."

"흐미……."

"2위는 축구스타 호날두로 8천만 달러. 약 886억 원."

손주열은 눈을 반짝거렸다.

"태수는?"

"3년 계약금 6백억이니까 3으로 나누면 2백억. 거기에 각종 대회에서 받는 포상금과 광고 수입, 연봉을 합치면 4백~5백 억쯤 될 거야."

"그런데도 10위에 못 든다는 거야?"

"파퀴아오 알지?"

"알지. 얼마 전에 메이웨더하고 싸워서 판정패한 필리핀 복싱 영웅."

"파퀴아오 연간 수입이 6백억쯤 되는데 11위야."

"정말 굉장하구나……."

심윤복 감독이 태수에게 물었다.

"시카고에 갈 거니?"

생탁을 3잔쯤 마신 태수는 고개를 끄떡였다.

"가고 싶습니다."

10월 11일에 세계6대메이저마라톤대회 중 하나인 시카고마라톤대회가 열린다. 지금부터 14일 후인데 태수가 거기에서 뛰고 싶다는 것이다.

태수는 조심스럽게 물었다.

"어렵겠습니까?"

"태수 니 실력은 최고다. 그러니까 훈련은 더 하지 않아도 되지만 문제는 14일 동안 얼마나 휴식을 잘하느냐가 관건이다."

"잘 먹고 잘 쉬겠습니다."

심윤복 감독은 조금 난색을 표했다.

"아무리 잘 먹고 잘 쉬어도 컨디션의 70% 이상 회복하는 것은 어려울 거다."

마라톤을 한 번 뛰고 나면 한 달을 쉬어야지만 제 컨디션으로 돌아온다는 것은 육상계의 상식이다.

"너 무슨 생각을 하고 있는 거냐?"

베를린마라톤대회에서 우승을 하고 세계 신기록까지 경신한 태수가 시카고마라톤대회까지 뛰겠다고 한다면 필경 뭔가 목적하는 바가 뚜렷하게 있을 거라는 게 심윤복 감독의 짐작이다.

태수는 생탁 잔을 만지작거리면서 진지한 표정을 지었다.

"세계6대메이저마라톤대회를 모두 석권하고 싶습니다."

태수의 말에 모두 기절초풍할 것처럼 놀라서 아무 말도 하지 못했다.

한참 만에 민영이 옆에 앉은 태수의 얼굴을 보면서 망연자실하여 중얼거렸다.

"오빠 목표가 그랜드슬램이야?"

태수는 고개를 끄떡였다.

"아까 골인하면서 테이프를 끊을 때 그런 생각이 들었다."

"그건 아직까지 아무도 이루지 못한 일이야."

태수는 주먹을 꽉 쥐었다.

"그러니까 더 이루고 싶은 거다."

태수는 지금처럼 확고부동한 목표를 갖고 있었던 적이 한 번도 없었다.

태수 일행은 한식집 한옥에 오느라 BMW에서 연 마라톤의 밤 축하 리셉션에는 참가하지 않았다.

원래 태수는 자신이 베를린마라톤대회에서 우승이나 세계기록을 경신할 거라는 예상은 1%도 하지 못했었기 때문에 대회가 끝나는 다음 날 오전에 타라스포츠 베를린지점 런칭쇼에 참가했다가 오후에 출국할 예정이었다.

그저께까지만 해도 독일을 비롯한 유럽에서 태수의 인지도는 그다지 크지 않았었다.

태수는 하프마라톤 세계기록, 5,000m 세계기록 보유자, 베이징세계육상선수권대회 마라톤 우승자라는 뻐근한 타이틀을 지니고 있지만 그건 아시아권에서나 먹힌다.

그런데 그가 어제 베를린마라톤대회에서 우승하며 세계기록을 갈아치운 일로 그가 지니고 있던 하프마라톤 세계기록과 5,000m 세계기록이 동시에 빛을 발하면서 TWRM이라는 신조어를 만들어냈다.

Triple—World—Record—Man. 3개의 세계기록을 보유한 남자의 약자다. 사람들은 태수를 그냥 '트리플맨'이라고 부르기도 했다.

태수가 베를린마라톤대회에서 세계기록을 경신하는 바람에 타라스포츠는 베를린지점 런칭쇼의 규모를 갑자기 부랴부랴 3배 이상 확장했다.

베를린지점 런칭쇼는 초대박을 터뜨렸다. 순전히 태수의 위력이다.

태수가 타라스포츠 전속 모델이라는 사실이 알려지자 유럽 유명 도시 런던과 로마, 마드리드, 파리, 코펜하겐, 스톡홀름,

암스테르담, 심지어 독일의 뮌헨이나 프랑크푸르트 같은 도시에서도 타라스포츠 지점을 내달라는 요청이 빗발처럼 쇄도했다.

일이 이 지경에 이르자 타라스포츠에서는 이번 기회를 최대한 이용하여 타라스포츠를 대한민국이나 아시아권이 아닌 글로벌 브랜드로 키우자는 목소리가 커졌다.

그리고 경제계 일각에서는 이런 식으로 나가면 타라스포츠가 개업한 원년에 1,000% 이상의 급성장을 하는 말도 안 되는 경이적인 업적을 이룰 것이라는 말이 공공연하게 흘러나오고 있다.

태수는 타라스포츠 베를린지점 런칭쇼 이후 몇 나라의 초청을 받아들여 런던과 마드리드, 파리에 이틀 동안 다녀온 이후에야 겨우 시간이 났다.

베를린 시내 한복판을 가로지르는 슈프레강 요트 계류장에는 베를린마라톤대회가 열리기 전날 이미 그녀가 도착하여 대기하고 있었다.

세계최고수준의 요트 제작사 독일 바바리아사의 크루저 59가 바로 그녀다.

돛을 펼치고 바람의 힘으로 운항하는 요트를 세일링 요트라 하고 'She', '그녀'라고 부르는 것이 상식이다.

민영은 태수하고 첫 계약을 할 당시에 미리 바바리아사에 세일링 요트 제작을 주문했었으며, 베를린마라톤대회에 맞춰서 슈프레강 요트 계류장으로 배달해 달라고 요구했었다.

요트의 이름은 'TWRM wind master'이다.

요트 앞머리 양쪽과 선미, 그리고 대형 돛을 펼치면 이름이 선명하게 새겨져 있다.

민영은 원래 요트 이름을 'Wind master'라고 지었는데 베를린마라톤대회 직후 바바리아사에 연락을 하여 'TWRM wind master'로 최종결정했다.

바바리아 크루저 59는 59피트, 즉 길이가 18m, 무게 15톤, 흘수 2.3m, 22인승, 볼보엔진 130마력, 캐빈 침실 7개, 화장실 3, 욕실 3, 응접실, 주방, 창고, 격실 벽을 갖췄으며, 평균 항해 속도 9노트, 가격 5억 3천만 원이다.

격실 벽, 즉 이중벽으로 되어 있는 덕분에 불침선(不沈船), 침몰하지 않는 요트라고도 불린다.

바바리아사에서는 민영의 부탁으로 요트 전문가인 선장을 비롯한 3명을 파견했다.

선장 등은 'TWRM wind master'호, 줄여서 윈드 마스터호를 슈프레강에서 출항시켜서 대한민국 부산 마린시티 수영만의 요트 계류장까지 항해할 예정이다.

하지만 태수 일행은 엘베강 하류의 함부르크까지만 간다.

시카고마라톤대회 일정이 잡혀 있기 때문이다.

베를린에서 함부르크까지 약 4일 동안 항해하면서 선장은 태수와 일행에게 세일링 전반에 대하여 상세하게 강습하고 훈련시킬 계획이다.

태수 일행이 함부르크에서 내리면 선장 일행은 요트를 부산까지 운송할 것이다.

태수 일행이 베를린 슈프레강에서 요트로 함부르크까지 항해한다는 소식이 알려지면서 취재진들이 열띤 취재 경쟁을 벌였다.

촤아아…….

드디어 윈드 마스터호가 출항했다.

요트에는 태수를 비롯하여 민영과 신나라, 윤미소, 고승연, 손주열, 그리고 선장 일행까지 9명이 탔다. 심윤복 감독과 닥터 나순덕은 비행기로 출국했다.

윈드 마스터호는 엔진의 힘으로 슈프레강 하류로 나아가다가 베를린 시내의 티겔호에서 하펠강으로 진입하여 드디어 3개의 돛을 활짝 펼쳤다.

슈프레강은 독일에서 4번째로 긴 강으로 길이가 400km이며 베를린에서 하펠강과 합류했다가 다시 저 유명한 엘베강과 합류한다.

엘베강은 체코와 폴란드 국경 크르크노세산맥에서 발원하여 발트해까지 장장 1,165㎞를 흐르며 강폭이 넓은 곳은 무려 14㎞에 달하는 곳도 있을 정도의 큰 강이다.

바다에서 엘베강을 타고 거슬러 올라 상류의 체코까지도 운항할 수 있을 정도로 엘베강은 수백수천 개의 지류와 운하, 수로가 잘 발달되어 있다.

그래서 독일의 가정집에서는 승용차만큼이나 요트가 필수 운송수단이다.

*   *   *

태수 일행은 10월 8일 늦은 오후에 시카고 오헤어공항에 도착했다.

취재진들이 법석을 피울까 봐 입국 사실을 비밀에 부쳤기에 태수 일행은 편안하게 숙소로 향했다.

숙소는 민영의 큰이모가 살고 있는 호프만가의 고급 주택으로 정했다.

태수는 이번 시카고마라톤대회에 민영과 윤미소, 고승연, 신나라, 그리고 심윤복 감독과 나순덕 등과 함께 왔다. 손주열은 컨디션 난조로 동행하지 않았다.

민영의 큰이모는 장성한 자식들이 다 분가했기 때문에 큰

집에 부부만 살고 있었다.

예전부터 부부가 무척이나 귀여워했던 민영이 몇 년 만에 찾아오고, 더구나 국민적 영웅인 태수까지 찾아와서 며칠 동안 묵게 되어 부부는 지나칠 정도로 흥분하며 기뻐했다.

태수는 푸짐하고 맛있는 저녁 식사를 하고 나서 큰이모 부부와 담소를 나눈 후에 이 층 방으로 올라왔다.

민영이 휴대폰을 받으면서 심각한 표정으로 잠시 자리를 피하는 걸 보고 윤미소가 태수에게 속삭였다.

"소속사에서 온 전화일 거야."

"그런데 민영이 왜 저렇게 심각해?"

"민영 씨가 아프로디테 일정을 자꾸 빼먹으니까 그렇겠지."

태수는 의아한 표정을 지었다.

"일정을 빼먹어?"

윤미소는 사과를 먹으면서 대답했다.

"민영 씨는 지금 1인 3역을 하고 있잖아. 걸그룹 아프로디테의 보컬이고 타라스포츠의 잠정적 총본부장, 그리고 태수 너의 애인 역할까지."

"애인은 무슨……."

태수가 불만스러운 표정을 짓는데도 윤미소는 거들떠보지도 않았다.

"그 3개의 역할 중에서 민영 씨가 가장 많은 시간을 할애하고 공을 쏟는 게 3번째야. 태수 네 곁에서 그림자처럼 붙어 있느라 아프로디테의 보컬로서 일정에 자꾸만 펑크를 내니까 소속사로서는 불만인 거야."

"그렇겠구나."

태수는 마라톤에 대한 생각으로 항상 머릿속이 가득해서 거기까지는 미처 생각하지 못했었다.

"아프로디테의 멤버들은 다 계약에 묶여 있는데 민영 씨가 계약을 이행하지 않는다면 좋지 않은 일을 당할 수도 있을 거야."

"그게 뭔데?"

"방출이겠지."

"아프로디테에서 쫓겨나는 거잖아?"

"소속사가 민영 씨하고 합의점을 찾지 못하면 민영 씨를 방출하고 아프로디테의 새 멤버를 영입하겠지."

태수는 곰곰이 생각에 잠겼고 윤미소는 안경 너머 눈을 빛내면서 사과즙이 묻은 얇고 붉은 입술을 나풀거렸다.

"사실 아프로디테의 글로벌적인 인기는 민영 씨가 절반 이상 차지하고 있어. 만약 민영 씨가 빠진다면 아프로디테는 치명타를 입게 될 거야. 그러면서도 소속사가 취할 수 있는 방법이 민영 씨의 방출이라면, 그동안 그만큼 속을 썩고 있었다는 얘기지."

윤미소는 휴지로 입을 닦았다.

"언젠가는 닥칠 일이었으니까 민영 씨도 이젠 결정을 내려야 할 때가 됐어."

"그래서 결정을 내렸어."

그때 열려 있는 문으로 민영이 불쑥 들어오면서 말하는 바람에 윤미소는 깜짝 놀라 하마터면 앉아 있는 의자에서 떨어질 뻔했다.

태수와 윤미소는 어리둥절한 얼굴로 민영이 냉정하게 내리는 결정의 말을 들었다.

"방출당하기 전에 내 스스로 아프로디테에서 탈퇴할 거야."

"민영아."

"이제부터는 자유롭게 솔로로 활동할 생각이야."

민영은 놀라는 태수 옆에 찰싹 붙어 앉으며 생글생글 미소지었다.

"앞으로는 시간이 많으니까 오빠 옆에서 더 많이, 그리고 열심히 내조할 거야."

태수는 새벽 6시 30분에 눈이 떠져서 씻지도 않고 타라스 포츠 트레이닝복을 주섬주섬 입었다.

그가 일어나는 기척에 같은 방 다른 침대에서 자고 있던 고승연이 깨어나 말없이 침대에서 내려왔다.

민영이나 윤미소는 태수하고 한 방에서 못 자지만 경호원인 고승연은 다르다.

고승연은 부산 수영강변에서 새벽에 훈련하는 태수를 공격한 민영의 사생팬을 제압한 이후 태수가 새로 얻은 75평짜리 오피스텔로 이사를 왔었다.

태수 오피스텔에는 그의 최측근이라고 할 수 있는 윤미소와 신나라, 고승연이 함께 살았다.

특히 고승연은 태수가 베를린의 호텔에서 묵을 때에도 한 방에서 잤었다.

고승연은 짧은 팬티에 스포츠브라 차림인데 태수가 있는데도 스스럼없이 그 위에 트레이닝복을 걸치고는 허리 뒤춤에 쌍절곤을 꽂았다. 쌍절곤은 그녀의 여러 무기 중에 하나다.

태수는 MP3를 귀에 꽂고 집 밖으로 나섰고, 고승연은 어제 미리 빌려두었던 자전거를 끌고 나왔다.

시카고의 차가운 아침 공기가 두 사람을 맞이했다.

탁탁탁탁탁탁……

태수는 호프만가 외곽도로 2차선 우측 가장자리를 7시 정각에 스톱워치를 누르고 MP3를 들으면서 달리기 시작했고 그 뒤를 고승연이 자전거를 타고 따랐다.

태수는 테이퍼링 중이지만 그저 가볍게 15㎞쯤 조깅을 하면서 윈마주법을 테스트하려고 나섰다.

처음에는 아주 느리게 ㎞당 4분 30초로 달렸다.

시카고는 한국보다 한 달 정도 빠른 추위라고 한다. 그러니까 한국의 11월 초와 비슷한 날씨다.

시카고 사람들은 벌써 두툼한 파카를 입고 다니지만 태수는 얇은 가을용 트레이닝복만 입었다.

뛰기 시작하면 체온이 올라가서 금세 더워지기 때문이다. 추우면 뛰어서 몸을 데우면 되는데 더운 건 어떻게 할 수가 없으니까 일부러 얇거나 짧은 옷을 입는다.

오늘이 10월 9일이니까 베를린마라톤대회가 끝난 지 12일이 지났다.

달리는 발걸음은 경쾌하고 몸은 더없이 가뿐해서 그때의 누적된 피로나 장시간 비행기를 타고 여행한 피로와 시차의 앙금 같은 것들이 남아 있지 않는 것 같다.

그렇지만 태수는 베를린마라톤대회 때의 장기와 내장, 근육의 피로가 아직도 몸 속 깊숙이 깔려 있다는 사실을 경험을 통해서 잘 알고 있다.

그것들은 지금처럼 조깅이나 LSD, 그리고 충분한 휴식을 통해서 천천히 몸 밖으로 배출된다.

시카고마라톤이 끝나면 한 달 뒤, 아니, 정확하게 27일 후에 뉴욕마라톤대회가 열린다.

태수는 뉴욕마라톤대회도 뛸 계획이다. 반드시 우승을 하겠다는 건 아니다. 그건 시카고마라톤대회도 마찬가지다.

어차피 세계6대메이저마라톤대회를 모두 제패하려면 2년~3년이 걸린다.

그럴 수밖에 없는 게 예를 들면 보스턴마라톤대회와 런던마라톤대회가 같은 4월에 일주일 간격으로 열린다.

먼저 열리는 보스턴마라톤대회에서 뛰고 나서 일주일 후에 런던마라톤대회를 뛸 수는 없는 일이다.

그러니까 시카고마라톤대회나 뉴욕마라톤대회는 경험을 쌓는다는 생각으로 뛰어볼 생각이다.

지금 컨디션으로 시카고마라톤대회를 뛴다면 아마도 2시간 7~8분대가 되지 않을까 짐작한다.

시카고마라톤대회는 지난번 베를린마라톤대회에서 태수하고 각축을 벌이다가 입상을 하지 못했던 데니스 키메토가 2013년 2시간 3분 45초의 대회 신기록을 갖고 있다.

그 전까지는 케베데가 갖고 있던 2시간 4분 38초였으니까 키메토가 53초 경신한 것이다.

태수는 내년부터 본격적으로 가동하여 2월에 열리는 도쿄마라톤대회에서 우승하고, 이어서 4월 중순에 열리는 보스턴마라톤대회에서 우승, 그리고 일주일 뒤에 열리는 런던마라톤대회는 건너뛴다.

이어서 9월에 개최되는 베를린마라톤대회는 이미 우승했으니까 건너뛰고 10월에 열리는 시카고마라톤대회에서 전력으로 달려서 우승한다.

그렇게 베를린과 도쿄, 보스턴, 시카고 4개 대회를 우승하는 것으로 내년 2016년을 마감하고 나머지 뉴욕마라톤과 런던마라톤을 그다음 해에 뛰어서 우승한다는 게 현재의 계획이다.

탁탁탁탁탁탁······.

태수는 속도를 높여 km당 2분 45초의 속도로 바람처럼 내달렸다.

마라톤 풀코스를 뛰면서 km당 2분 45초의 빠른 속도로 달리는 경우는 두어 번에 불과하다.

그리고 2km. 5분을 넘지 않는다. 넘으면 지나치게 체력을 허비하기 때문이다.

조깅이나 훈련을 할 때면 언제나 마지막 1km는 최고 속도로 달려서 마감을 해준다.

1시간 정도 아침 조깅을 했기 때문에 시간이 8시가 되었고 이미 해가 떠올라 주위가 환하다.

타타타탁탁탁탁—

태수의 전방 300m쯤에 아까 출발했던 호프만 주택가 입구가 보였다.

"후우우… 후우우……."

태수는 주택가 입구에서 멈추고 잠시 제자리 뛰기를 하면서 쿨링다운을 했다.

고승연이 메고 있던 작은 배낭에서 수건을 꺼내 태수에게 건네주었다.

끽—

태수가 수건을 목에 걸고 스트레칭으로 몸을 풀고 있을 때 그 옆으로 승용차 한 대가 급정거를 했다.

고승연이 반사적으로 태수를 등 뒤로 커버하면서 경계하고 있는데 승용차 조수석과 뒷문에서 힙합 차림에 불량스러워 보이는 흑인 청년 3명이 내렸다.

"Don't try to move it!"

"Stand and deliver!"

흑인 청년들은 껄렁거리면서 뭐라고 지껄이며 고승연과 태수에게 다가왔다.

고승연은 냉랭한 얼굴로 짧게 경고했다.

"고! 고!"

그런데도 흑인 청년들은 비웃듯이 히죽히죽 웃으면서 가까이 다가왔다.

슥—

앞선 흑인 한 명이 주머니에서 칼을 꺼내 들면서 앞으로 내밀었다.

슉— 탁!

고승연의 발이 번개같이 뻗어 나가 흑인의 손에서 칼을 날려 버렸다.

"어?"

쩍!

"왁!"

흑인이 놀라서 엉거주춤할 때 고승연의 주먹이 콧등을 짓이겼다.

첫 번째 흑인이 뒤로 자빠지고 있는 걸 본 세 번째 흑인이 품속에서 권총을 재빨리 꺼내는 것을 고승연이 발견하고 번쩍 몸을 날리면서 오른손이 허리 뒤춤에 꽂아놓은 쌍절곤을 잡았다.

탁! 뻐걱!

"으악!"

고승연이 몸을 날려 쌍절곤을 휘둘러 세 번째 흑인의 손에서 권총을 날려 버리고 연달아 턱을 박살 냈다.

빡!

그리고 착지하면서 마지막 한 명 흑인의 옆머리를 쌍절곤으로 후려쳤다.

털썩! 쿠쿵!

흑인 3명은 앞 다투어 바닥에 쓰러지더니 죽는다고 비명을 지르며 일어나지 못했다.

흑인 청년 3명은 미국에 흔한 삼류 갱이고 밤새 퍼마시면서 놀다가 집으로 돌아가던 중에 태수와 고승연을 발견하고 강도 짓을 하려던 것이었다.

3명은 그냥 집으로 고이 갔어야 했다. 그랬다면 뇌진탕에 턱뼈 골절, 코뼈 골절과 안면 함몰 같은 중상을 입지도 않았을 테고, 강도 혐의로 경찰에 구속되지도 않았을 것이다.

이른 아침에 조깅을 나갔던 태수가 돌아오는 길에 강도를 만나고 고승연이 그들을 제압한 일 때문에 경찰이 민영의 큰 이모 집에 오게 되고, 그래서 결국 태수가 시카고에 왔다는 사실이 시카고 전역에 알려지게 되었다.

바로 그날, 태수는 재시카고한인회에서 성대하게 열어준 축하 파티에 참석했다.

축하 파티에는 수많은 교포가 참석하여 태수를 열렬하게 축하해 주었다.

미국 내의 소수민족으로 많은 설움과 핍박, 편견 속에서 살아온 교포들은 이날만큼은 어깨를 활짝 펴고 대한민국의 영웅이자 세계적 영웅인 태수를 마음껏 환영하고 과시했다.

축하 파티에는 시카고 시장을 필두로 여러 명의 상원, 하원 의원들, 그리고 그럴싸한 직함을 지닌 유명 인사들, 내로라하는 연예인들이 대거 참석했다.

수백 명의 취재진이 몰려들어서 파티에 참석한 사람들보다 취재진이 더 많다는 말이 나올 정도였다.

파티 참석자 중에는 마침 시카고나 가까운 지역에 있던 몇 명의 여배우도 참석했으며, 니콜 키드먼과 클로이 모레츠, 린제이 로한이다.

그녀들은 처음에는 단순하게 유명 인사가 많이 모인 파티라서 참석했다가 태수의 실물과 진면목을 경험하고는 곧 짙은 흥미를 갖게 되었다.

민영과 심윤복 감독은 시카고한인회에 태수의 사정을 자세히 설명했다.

즉, 베를린마라톤대회가 끝난 지 얼마 안 되기 때문에 태수가 충분한 휴식을 치르지 못한 몸 상태로 시카고마라톤대회를 뛰게 되었으니 휴식을 위해서 그를 귀찮게 하지 말아달라는 얘기였다.

태수의 존재가 알려진 터라서 그는 더 이상 민영의 큰이모

댁에 머물 수 없게 되었다.

취재진들이 하도 몰려들어서 큰이모 부부에게 피해를 줄 것 같기 때문이다.

태수 일행은 시카고 시장의 주선으로 루프 지역에 있는 '트럼프 인터내셔널 호텔&타워'로 숙소를 옮겼다.

시카고에서는 아프로디테의 보컬인 민영의 인기가 대단했지만 태수에 비할 정도는 아니었다.

호텔 측에서는 자체 경호원들로 하여금 태수를 철벽처럼 경호하게 했다.

밀착 경호는 고승연이 하지만 호텔 경호원들은 태수가 묵는 객실이나 그가 움직이는 동선을 따라서 취재진이나 열혈팬들을 철저하게 마크해 주었다.

호텔로 숙소를 옮긴 이후 태수는 외부에서 조깅을 하지 않고 호텔 내의 '스파 앳 트럼프'의 헬스장에서 트레드밀을 뛰거나 가벼운 헬스를 하며 컨디션을 조절했다.

탁탁탁탁탁탁……

태수는 트레드밀에서 30분 동안 원마주법으로 달리면서 조깅과 스퍼트를 반복했다.

"후욱… 후욱… 후욱……"

태수는 창밖 저 아래에 은빛으로 반짝이는 미시간 호수를 굽어보며 마지막 스퍼트를 끝내고 트레드밀에서 내려왔다.

근처에 서 있던 고승연이 차가운 생수를 따서 태수에게 건넸고 그가 창밖을 내려다보면서 물을 마시는 동안 그녀가 목과 어깨의 땀을 닦아주었다.

고승연은 벙어리라고 오해할 정도로 말이 없다. 지금 그녀가 태수에게 물을 건네주고 땀을 닦아주는 것도 정말 많이 발전한 거다.

그것도 그녀 스스로 느껴서 자발적으로 하는 거지 남이 시키면 죽어도 안 한다.

태수는 수건을 받아 얼굴을 닦고 나서 고승연에게 가볍게 고개를 숙였다.

"어제 아침에는 고마웠어요."

경찰이 오고, 조서 꾸미고, 시카고한인회가 주최하는 축하 파티다 뭐다 경황이 없어서 태수는 고승연에게 고맙다는 말을 제대로 한 것 같지 않았다.

"그 말씀은 벌써 하셨습니다."

고승연은 태수를 무슨 상전 대하듯 한다. 태수는 그게 늘 껄끄러웠다.

"그리고 제 임무를 다한 것뿐이니까 고마워하지 않으셔도 됩니다."

"고승연 씨 몇 살입니까?"

태수가 똑바로 쳐다보면서 묻자 고승연은 순간적으로 흠칫 하더니 태수의 시선을 외면하면서 대답했다.

"미소 언니 중학교 일 년 후배입니다."

"그럼 나보다 한 살 어리군요."

"……."

시카고마라톤대회 코스를 답사하러 나가기 전에 태수는 잠시 윤미소를 불러 단둘이 마주 앉았다.

"고승연 씨에 대해서 말해봐라."

"뭘 알고 싶은데?"

태수가 밑도 끝도 없이 불쑥 말하자 윤미소는 조금 경계하는 표정을 지었다.

"니가 알고 있는 거 다 말해봐라."

"왜 궁금한데? 승연이한테 관심 있냐, 너?"

"이 계집애가……."

태수가 슬쩍 인상을 쓰니까 윤미소는 찔끔했다.

"난 고승연 씨도 우리 가족이라고 생각한다. 그러니까 알아야겠다. 됐냐?"

고승연은 5남매의 장녀다. 그녀가 중학교 2학년 때 중소기업에 다니던 아버지가 실직하자 엄마는 가출해 버렸다.

고승연은 학비 걱정 없고 기숙사에서 숙식을 해결할 수 있는 태권도를 선택하여 특기생으로 고교에 진학했으며 여고 3학년 때 국가대표에 선발되었고 이후 한국체대에 진학했다가 직업군인이 되려고 여군에 입대했다.

월급을 꼬박꼬박 집에 송금하면서 군대 생활을 하던 중에 그녀를 성폭행하려는 상관을 때려서 전치 8주 중상을 입힌 일로 불명예제대를 하게 됐다.

먹고 살길이 막막해져서 궁여지책으로 KOASC(경호원자격증)을 취득했지만 군에서 불명예제대를 했다는 딱지가 따라다녀서 취직이 쉽지 않았다.

그러던 중에 갑자기 윤미소에게서 연락이 와서 태수의 경호원이 된 것이다.

"태수 너 걔 불명예제대한 거 문제 삼지 않을 거지?"

"꼭 저 같은 소리만 하고 있네."

"승연이 불쌍한 애야. 할 줄 아는 건 싸움 잘하는 거 하고 자존심뿐이야."

애기를 다 듣고 난 태수는 한동안 생각에 잠겼다.

시카고를 윈디 시티(Windy city), 바람의 도시라고 한다. 바다처럼 드넓은 미시간호에서 부는 거센 바람 때문이다.

미시간호 옆의 그랜드파크에서 출발하여 거의 대부분의 코스가 미시간호를 따라서 뻗어 있다.

시카고마라톤대회 코스는 베를린마라톤대회 코스에 이어서 평탄하기로는 2번째로 정평이 나 있다.

그렇지만 베를린마라톤대회에서 역대 6번의 세계기록이 나온 것이 비해서 시카고마라톤대회에서는 단 한 번도 세계기록이 나오지 않았다.

그것은 순전히 미시간호에서 불어오는 거센 바람, 아니, 강풍 때문이다.

시카고마라톤대회는 그랜드파크를 출발해서는 처음에는 오른쪽에서 강풍이 불고 돌아올 때는 왼쪽에서 분다.

그렇지만 강풍이 어느 한 사람에게만 부는 게 아니고 참가 선수 모두에게 영향을 끼치기 때문에 공평하다.

태수가 주로 훈련을 했던 부산 수영강은 바닷바람이 장난 아니게 거세기 때문에 어떻게 보면 태수에게 조금 유리할 수도 있을 것이다.

"이놈들도 미쳤군."

심윤복 감독이 2015 시카고마라톤대회 참가자 명단을 들여다보다가 어이없는 표정을 지었다.

"왜 그러십니까?"

소파 맞은편에 앉은 심윤복 감독이 심드렁한 얼굴로 자료를 내던졌다.

"봐라. 키메토하고 킵초게도 뛴단다."

"네?"

태수는 정말 놀랐다. 자기만 미친놈인 줄 알았는데 여기에 미친놈이 둘이나 더 있다.

"킵초게는 작년에 2시간 4분 11초로 우승했었고, 키메토는 2013년에 2시간 3분 45초로 대회 신기록을 세웠었다."

심윤복 감독이 굳이 설명하지 않아도 태수는 그들의 기록에 대해서는 다 꿰뚫고 있다.

"키메토는 시카고에서 대회 신기록을 세우고 다음 해에 베를린에서 세계 신기록을 세웠었지."

한동안 침묵이 흘렀다.

소파에 앉아 있는 태수나 그의 좌우에 앉은 민영, 신나라, 그리고 심윤복 감독 옆에 앉은 윤미소와 나순덕, 서 있는 고승연까지 아무도 입을 열지 않았다.

태수가 베를린마라톤대회에서 세계기록을 경신했지만, 시카고마라톤대회에 키메토와 킵초게가 뛴다면 이번이야말로 진짜 승부가 될 것이라고 생각하기 때문이다.

더구나 킵초게는 태수가 우승한 베를린마라톤대회에서 키메토와 무타이를 꺾고 2위를 했었다.

한참 만에 심윤복 감독이 심각한 표정으로 태수를 보며 가라앉은 목소리를 냈다.

"자신 있냐?"

그렇지만 뜻밖에 태수의 표정은 밝았다.

"훈련이라 생각하고 뛸 겁니다."

제24장
미시간 특급

"오빠, 타라스포츠에서 급한 연락이 왔는데 오빠가 한번 봐야겠어."

태수가 저녁 8시 무렵 일찌감치 잠자리에 들었는데 민영이 객실로 찾아왔다.

민영은 문을 열어준 고승연이 짧은 팬티와 탱크탑 차림으로 서 있는 걸 슬쩍 쳐다보았다.

어릴 때부터 여러 종류 운동으로 다져진 고승연의 몸은 미끈하고 탄탄했다.

키 173㎝에 55㎏인 그녀는 동양인에 비해서 하체와 두 팔이 길고 복근과 허벅지, 종아리, 팔의 근육이 장난 아니게 발달했다.

마라톤을 즐겨 하는 민영도 근육이라면 누구에게도 뒤지지 않지만 고승연에겐 명함도 내밀지 못할 정도다.

비록 태수하고 다른 침대에서 자는 거지만 고승연이 반나체나 다름이 없는 짧은 팬티에 탱크탑만 입고 있는 걸 보고서도 민영은 아무렇지 않은 얼굴로 침대에 일어나 아랫도리에 이불을 덮고 앉아 있는 태수에게 다가갔다.

탁—

고승연이 태수 머리맡의 작은 불을 켜고 자기 침대로 돌아가서 앉았다.

"타라스포츠에서 오빠 닉네임을 상표로 등록해서 상품화시킨다는 아이디어를 냈는데 오빤 어떻게 생각해?"

슥—

민영은 침대에 앉아서 이불을 걷으며 손에 쥐고 있는 팩스를 내밀었다.

태수는 짧은 팬티에 위에는 아무것도 입지 않은 모습으로 책상다리를 하고 앉아서 팩스는 거들떠보지도 않았다.

"상표라니?"

슥—

민영은 태수에게 조금 더 가까이 다가앉으며 자연스럽게 손을 그의 무릎에 얹었다.

"오빠가 베를린에서 얻은 트리플맨 닉네임 있잖아. TWRM 말이야."

"응."

"그거하고 윈드 마스터를 영문으로 해서 두 개를 상표등록 하자는 거야. 이건 굉장히 의미 있는 거고 국내는 물론 세계 시장에서도 먹힐 거 같아."

태수는 자기 닉네임이 상표가 된다는 생각은 한 번도 해본 적이 없었기에 꽤 놀랐다.

"그게 상표가 돼?"

"당연하지. 타라스포츠 디자인팀에서 나온 아이디어라는데 나는 어째서 그런 생각을 못 했었는지 화까지 나더라니까? 이 건 히트 예감이야."

"타라스포츠는 '타라'라는 상표가 있잖아."

"병행하는 거지."

"그럼 '타라'라는 큰 브랜드 아래에 내 닉네임 상표가 들어 가는 건가?"

"그게 아냐. '타라' 상표하고 똑같은 비중으로 'TWRM'과 'wind master' 브랜드를 출시하는 거야."

태수는 고개를 모로 꼬며 팔짱을 꼈다.

"그게 먹히겠어?"

민영은 말도 말라는 듯 두 손을 저어 보였다.

"오빠가 지금 대한민국 분위기를 몰라서 그러는 거야. 오빠 인기는 국내에서 압도적이야. 연예인이나 정치인 어느 누구도 오빠 인기에는 갖다 붙이지를 못한다구."

"설마……."

"참 내. 내가 표현력이 부족해서 그러는데, 대한민국 사람들은 눈만 떴다 하면 오빠 얘기로 시작해서 자기 직전까지 오빠 얘기만 한다니까?"

"에이……."

태수가 설마 하는 표정으로 고개를 젓는데 저쪽에서 고승연이 불쑥 말했다.

"정말입니다."

태수와 민영이 동시에 쳐다보자 고승연은 조금 부끄러워하면서 말했다.

"인터넷에 한번 들어가 보십시오. 난리도 아닙니다. 한국은 물론이고 전 세계가 온통 태수 씨 얘기입니다. 베를린마라톤 대회에서 태수 씨가 골인하는 장면은 유튜브로 벌써 10억 뷰를 돌파했답니다."

태수는 고승연이 이렇게 말을 많이 하는 건 처음 봤다.

"거봐. 그러니까 하자, 오빠."

바짝 다가앉는 민영의 손이 태수의 무릎에서 허벅지로 미끄러졌다.

태수는 민영의 손을 뿌리치지는 않았지만 하지 말라고 눈으로 꾸짖고는 고개를 끄떡였다.

"알았다. 니가 알아서 해라."

"이런 건 계약서 작성해야 돼."

"계약서?"

"오빠 닉네임을 상표등록해서 사용하는 거니까 당연히 계약을 해야지."

"어떤 식으로?"

"어떤 식이냐 하면……"

민영은 잠시 생각하다가 말했다.

"미스 윤 불러."

윤미소가 불려 왔다. 그녀는 잠자다가 왔는지 팬티 위에 박스 티셔츠를 걸치고 졸린 눈으로 왔다.

그러나 민영의 얘기를 다 듣고 난 윤미소는 갑자기 눈빛이 초롱초롱해졌다.

"태수를 타라스포츠 이사로 영입하고 로열티를 받는 쪽으로 하는 게 좋겠어요."

윤미소가 침대에 걸터앉는 바람에 태수와 나란히 더 가깝게 앉게 된 민영은 이불 속에서 손을 태수 허벅지에 얹은 채 고개를 끄떡였다.

"가능해요."

"무슨 소리야?"

태수가 의아한 얼굴로 묻자 윤미소가 설명했다.

"태수 니가 타라스포츠 이사가 되는 거야. 그리고 니 닉네임으로 만든 상품이 하나 팔릴 때마다 로열티를 받는 거야. 예를 들면 10만 원짜리 옷 하나 팔면 로열티로 만 원을 받는 거지."

"만 원은 말도 안 돼요."

"말하자면 그렇다는 거죠."

"그거……."

태수는 잘 상상이 되지 않는 얼굴이다. 윤미소가 그걸 보고 침을 질질 흘리는 듯한 얼굴로 덧붙였다.

"그렇게만 되면 태수 넌 그냥 가만히 앉아서 돈벼락을 맞는 거야."

민영이 태수 쪽으로 몸을 기울여서 그에게 쓰러지듯 안기면서 말했다.

"현재 타라스포츠 판매량으로 봤을 때 로열티를 0.5%만 받는다고 해도 오빠는 가만히 앉아서 하루에 5억 이상 벌어들이는 거야."

"5억?"

이즈음의 태수는 1,000억 원이 넘는 재산을 보유한 스포츠 재벌이 되어 있었다. 그렇지만 처음이나 지금이나 돈에 대한 개념은 희박했다.

윤미소가 냉정한 표정을 지었다.

"0.5%만 받을 경우죠. 1%면 10억이 되고, 2%면 하루 20억이에요."

민영이 태수에게서 몸을 일으키며 눈을 반달로 만들었다.

"세상천지에 로열티로 2%씩이나 받는 게 어디 있어요?"

윤미소는 양보하지 않았다.

"솔직히 타라스포츠는 태수 한 사람의 홍보 효과로 승승장구하고 있잖아요. 부인할 거예요?"

민영은 다시 태수에게 쓰러지며 머리를 그의 어깨에 기댔다.

"솔직히 그건 맞아요."

"사람들은 타라스포츠가 오빠 회사인 줄 알아요."

윤미소는 침대에서 일어나며 오도카니 우뚝 서서 두 손을 허리에 얹고 더 냉정한 표정을 지었다.

"나도 조사할 게 많으니까 오늘은 이만 끝내죠. 자세한 건 계약할 때 얘기해요."

윤미소는 턱으로 문을 가리켰다.

"민영 씨는 그만 가봐요. 난 태수하고 할 얘기가 있으니까."

민영은 태수를 안으면서 침대에 누우며 앙탈을 부렸다.

"나 여기에서 오빠랑 자면 안 될까?"

그녀는 이불 속에서 갑자기 태수의 거기를 꽉 움켜잡았다.

태수가 눈을 부릅뜨고 몸을 뒤채니까 민영이 그의 귀에 입을 대고 속삭였다.

"복수야."

민영은 앙큼하게 태수를 흘겼다. 지난번 베이징에서 태수가 술에 만취하여 민영의 은밀한 곳을 마음껏 유린한 것에 대한 복수라는 뜻이다.

남녀라는 것은 참으로 희한해서 그런 행위 다음에는 두 가지 행태로 극명하게 관계가 변한다.

원수가 되어 헤어지든가 아니면 더 가까운 사이가 되거나. 태수와 민영은 후자 쪽인 것 같다.

'복수'라는 말에 태수가 찔끔하는데 민영은 태수의 거기를 한 번 더 세게 쥐었다가 태수 뺨에 뽀뽀하고 침대에서 내려갔다.

"잘 자."

윤미소는 가만히 있지 않았다.

"혜원 씨에게 일러줄 거예요."

민영은 시스루 차림의 탐스러운 궁둥이를 살랑살랑 흔들면서 문으로 걸어갔다.

"맘대로 하세요. 골키퍼 있다고 골 안 들어가나?"

민영이 나간 후에 윤미소가 침대에 걸터앉으며 고승연을 불렀다.

"승연이 너도 이리 와."

고승연이 다가와서 팬티 차림으로 멀뚱히 서 있는 걸 보고 윤미소가 손을 잡고 끌어서 침대에 앉혔다.

"태수 너한테 할 말 있어."

이불이 걷어진 침대에 팬티를 입은 1남 2녀가 앉아 있는 약간 민망한 풍경이지만 아무도 개의치 않았다.

"우리 연봉 올려줘."

윤미소가 정색을 하고 대뜸 말하자 고승연은 화들짝 놀라서 손을 마구 저었다.

"저는 됐습니다. 봉급 5백만 원도 많습니다."

"넌 가만히 있어."

윤미소가 고승연을 흘기고 나서 태수를 진지한 얼굴로 쳐다보았다.

"그래. 난 됐으니까 승연이 백만 원 정도 올려줘. 이번에도 승연이가 널 구해줬잖아. 그럴 수 있지?"

"이렇게 하자."

태수는 고승연에 대해서 생각해 둔 것이 있다.

"고승연 씨가 내 조건을 받아들이면 난 고승연 씨하고 정식 계약을 하고 싶다."

'계약'이라는 뜬금없는 말에 윤미소와 고승연 둘 다 눈이 커다래졌다.

"무슨 조건? 계약은 또 뭔데?"

"나 늙어서 죽을 때까지 고승연 씨가 내 경호원 해주는 게 조건이다."

"……."

윤미소와 고승연은 아무 말도 못하고 그저 태수를 바라보기만 했다.

"그럼 고승연 씨하고 평생 계약을 하고 싶다. 계약금 3억에 연봉 1억 5천."

"너……."

경악한 윤미소 입이 함지박만 하게 커졌다.

"미소 너도 나하고 평생 계약할래?"

윤미소는 벌써 눈물이 글썽글썽하다.

"죽을 때까지 지겨운 니 옆에 붙어 있으라고? 나더러?"

"그래."

"까짓것. 그러지 뭐."

태수는 빙그레 미소 지었다.

"그렇게 해주면 미소하고도 정식으로 계약하겠다. 계약금

10억에 연봉 3억. 어때?"

사실 윤미소는 그 이상의 역할을 해주고 있다. 금융이나 법률 쪽으로는 까막눈이나 다름없는 태수의 손과 발이 되어 차곡차곡 그의 부를 축적하는가 싶더니 어느새 그를 청년 재벌의 반열에 올려놓았다.

"태수 너……."

윤미소는 말을 잇지 못했다.

고승연은 아무 말도 못하고 침대 한쪽에 걸터앉아서 굵은 눈물만 뚝뚝 흘리고 있다.

"그리고 고승연 씨에게는……."

"고승연 씨가 뭐냐? 그냥 승연이라고 해."

윤미소는 고승연을 쳐다보았다.

"괜찮지? 너 태수한테 오빠라고 불러봐."

"……."

그러나 고승연은 우느라 제정신이 아니다. 왜 아니겠는가. 계약금 3억이면 구차하게 살고 있는 가족들을 한 방에 구제할 수 있다.

게다가 연봉 1억 5천이면 가족에게 매월 충분한 생활비를 보내줄 수도 있다. 그러니 이게 꿈인지 생시인지 고승연은 정신이 하나도 없다.

"태수 니가 먼저 승연아, 하고 불러봐. 니가 그랬잖아. 승연이를 가족으로 생각한다고."

그 말에 고승연은 움찔! 하더니 어깨를 들먹이며 울기 시작했다.

"승연아."

태수가 어색하게 부르자 고승연은 흐득흐득 울면서 겨우 대답했다.

"흐으응… 흐웅… 네."

"승연아."

"네, 오빠."

"내가 생각해 둔 게 있는데……."

태수는 돈이 왕창왕창 들어오기 시작하면서부터 한 가지 깨달은 게 있었다.

돈이란 버는 것도 중요하지만 어떻게 쓰느냐가 더 중요하다는 사실을 말이다.

그런 생각은 하루 20시간 죽어라고 알바를 해서 10만 원도 못 벌어본 사람만이 할 수 있을 거다.

"부산 해운대 마린씨티쯤에다가 가게를 하나 내려고 하는데……."

윤미소가 눈물범벅 얼굴로 물었다.

"돈 긁어모으고 있는데 가게는 왜?"

"승연이 아버지 하나 내드리려고."

"흑!"

고승연이 놀라서 태수를 멍하니 쳐다보다가 갑자기 두 손으로 얼굴을 가리며 흐느꼈다.

"괜찮은 식당 같은 거 실력 있는 요리사 데려다가 차리고 승연이 아버지께서 운영만 하시면 괜찮을 것 같은데……."

"너… 너… 그런 생각 언제 한 거야?"

"어제 너한테 승연이네에 대해서 듣고 나서."

"태수 너 정말……."

"돈은 얼마가 들든지 걱정하지 말고 귀국하면 미소 니가 한번 마린씨티에 알아봐라."

"히잉……."

고승연은 아예 엎드려서 징징 울고 있으며 윤미소는 콧물까지 흘리면서 울었다.

"태수 너 자꾸 사람 감동시킬래?"

"나는 세상 모든 사람을 구제할 수는 없지만, 최소한 내 주위 사람들이… 내가 가족이라고 생각하는 사람들이 고생하지 않았으면 좋겠어."

태수는 고승연 어깨에 손을 얹었다.

"승연이가 허락했으면 좋겠다. 값싼 동정이라고 생각하지 말고."

고승연은 눈물콧물 엉망인 얼굴을 들어 태수를 보다가 와락 그에게 안겼다.

"고마워요, 오빠… 엉엉!"

"고맙다, 태수야!"

윤미소도 공격하듯이 태수에게 달려들어 안기는 바람에 태수는 두 여자를 안고 침대에 쓰러졌다.

태수는 두 여자의 등을 쓰다듬으며 영감처럼 허허! 웃었다.

"하하하! 기분 좋다!"

윤미소가 태수 뺨에 입술을 대고 속삭였다.

"나하고 승연이하고 이렇게 태수 품에 안겨서 여기서 같이 잘까?"

"사양한다."

태수는 두 여자를 일으키면서 벌떡 일어나 앉았다.

"이제 자야 하니까 니들도 가서 자라."

태수는 두 여자의 궁둥이를 두드리며 침대에서 쫓아냈다.

2015년 10월 11일 시카고마라톤대회 참가자는 5만 6천여 명에 달했다.

출발지인 미시간호 옆 그랜드파크공원은 그야말로 참가자와 가족들로 인산인해를 이루었다.

금방이라도 비를 뿌릴 것처럼 잔뜩 찌푸린 흐린 날씨에 미시간호로부터 강풍이 불어오고 있었다.

태수 일행은 캄캄한 새벽 4시에 시카고한인회에서 호텔까지 갖고 온 찰밥을 배불리 먹었다.

대회 날 아침 식사는 출발 3시간 전에 먹어둬야 하는 게 상식이다.

그리고는 출발 30분 전에 커피 한 잔과 찰떡, 혹은 샌드위치 하나를 간식 삼아 먹어두면 OK.

출발 시간은 7시 30분이지만 태수 일행은 아직 동이 트기 전인 6시에 그랜드파크공원으로 나왔다.

엘리트 선수들이 몸을 풀고 있는 그랜드파크의 특별 공간에는 내로라하는 전 세계 건각들이 대거 모여서 서로 인사를 하거나 조깅을 하는데 긴장한 표정이 역력했다.

속에 팬츠와 싱글렛을 입고 겉에는 타라 브랜드 고급 트레이닝복을 입은 태수와 신나라는 측근들에 둘러싸여 얘기를 나누고 있다.

키메토와 킵초게가 약간의 시간을 두고 번갈아 태수를 찾아와서 인사를 했다.

만약 태수가 먼저 그들을 발견했으면 인사를 했을 텐데 그들이 먼저 태수를 보고 찾아와서 인사를 했고 그들은 그것을 당연하게 여겼다.

어쩌면 그것은 세계기록 보유자에 대한 같은 선수로서의 당연한 예우 같았다.

"6분에만 들어오면 성공이다."

심윤복 감독은 그 말을 여러 번 거듭하고 있다.

"킵초게나 키메토 모두 베를린에서 뛰었기 때문에 아직 회복되지 않은 몸 상태다. 그러니까 오늘 우승자는 그들이 아니라 다른 선수가 될 거다."

전문가들은 마라톤 세계기록 보유자인 태수와 전년 세계기록 보유자 키메토, 전년 시카고마라톤 우승자인 킵초게 등 쟁쟁한 선수들이 참가했으나 그들 세 사람이 우승할 거라고 전망하지 않았다.

그래서 이번 시카고마라톤대회는 아마도 2시간 4분대를 뛰는 사람이 우승하지 않을까 조심스레 예상하고 있다.

키메토나 킵초게는 태수가 시카고마라톤대회에 참가한다는 사실을 알고 자신들도 참가를 한 게 아니다. 우연히 베를린마라톤대회에서 경쟁을 했던 세 사람이 다시 시카고마라톤대회에서 부딪쳤을 뿐이다.

"태수 니 말대로 이번 대회는 순전히 경험 삼아서 뛰는 거라고 생각해라. 무리하면 다친다."

"알겠습니다."

욕심을 내자면 이번 시카고마라톤대회는 쉬고 다음 달에 열리는 뉴욕마라톤대회를 노리는 것이 낫다.

그러면 한 달 보름 정도를 쉬는 것이기 때문에 뉴욕마라톤대회의 우승을 노려볼 만한 것이다.

태수는 한쪽 방향이 시끄럽고 한국말이 들리고 있기 때문에 무심코 그쪽을 쳐다보았다.

대회 진행요원들이 막고 있는데 그 뒤쪽에서 몇 사람이 태수를 향해 손을 흔들고 있는 게 보였다.

"한태수 선수! 파이팅!"

"꼭 우승하세요!"

태수는 진행요원들에게 그들을 안쪽으로 들여보내라고 손짓을 해 보였다.

태수는 그들이 누군지 모르지만 한국 사람이라는 이유만으로 들여보내라고 한 것이다.

그들은 남녀가 섞인 다섯 명이었으며 4명은 선수 복장이고 한 명은 트레이닝 복장이었다.

태수는 가까이 다가온 그들 중에서 두 사람을 알아보고 깜짝 놀라 급히 마주 다가갔다.

"이봉주 선배님!"

40대 트레이닝복을 입고 마른 체구에 꺼벙한 용모의 이봉주는 환하게 웃으며 다가와 태수의 두 손을 덥석 잡았다.

"오랜만입니다, 한태수 선수!"

태수는 일전에 대한육상경기연맹이 주최하는 연회에서 이봉주를 한 번 만나서 인사를 나눈 적이 있었다.

"베를린에서 세계기록 경신한 거 정말 축하합니다! 그 방송 보면서 나 감격해서 펑펑 울었습니다!"

꺼벙이 혹은 봉달이라는 별명의 이봉주는 태수의 손을 잡고 흔들면서 진심 어린 표정으로 말하며 다시 눈시울을 붉혔다.

"지난번 베이징에서는 마라톤하고 10,000m, 그리고 5,000m에서는 어휴… 말이 다 안 나오네……. 하여간 감격해서 너무 울다가 눈알 빠지는 줄 알았어요. 대단합니다, 한태수 선수. 같은 대한민국 사람이라는 게 자랑스럽습니다."

"별 말씀을… 말씀 낮추십시오, 선배님."

태수가 꾸벅 고개를 숙이며 인사하자 이봉주는 심윤복 감독에게 정중하게 인사했다.

"심 감독님."

"봉주, 자네가 여긴 어쩐 일인가?"

이봉주는 자기 뒤쪽에 긴장한 얼굴로 서 있는 4명의 선수 복장 남녀를 가리켰다.

"이번에 제가 이 사람들을 이끌고 왔습니다."

4명 중에서 2명은 남녀이며 한국인이고 2명은 아프리카계 남자인데 이봉주는 그중에 한 명을 앞으로 나오게 하여 인사시켰다.

"이 친구는 케냐의 윌슨 로야나 에루체라고 하는데 27살이고 몇 달 전에 한국으로 귀화했습니다. 그러고 나서는 이번이 첫 대회입니다."

"오… 에루체가 이 친구인가?"

태수는 심윤복 감독에게서 얼마 전에 케냐 선수가 한국으로 귀화하여 충청북도 충주시 소속으로 입단했다는 말을 들은 적이 있었다.

에루체가 심윤복 감독에게 꾸벅 고개를 숙이며 서툰 한국어로 인사했다.

"안뇽하시오. 오주한입니다."

"스승이신 오창식 이사님의 성을 따라서 오씨로 하고 한국을 위해서 달린다는 뜻의 '주한'이라는 이름으로 개명을 했습니다."

"그런가? 그런데 이 친구 기록이 얼마야?"

"올해 동마(서울국제동아마라톤)에서 2시간 6분 11초로 우승했습니다. 그리고 그전에 2시간 5분 37초를 냈는데 그게 최고 기록입니다."

"이 사람들은 누구야?"

심윤복 감독이 나란히 서 있는 흑인 한 명과 한국인 남녀 둘을 가리켰다.

그런데 태수가 흑인 앞으로 다가가서 손을 내밀었다.

"오랜만입니다, 서창원 씨."

"아이구마. 영광입니데이."

태수가 하프마라톤 세계기록을 깨뜨렸던 포천38선하프마라톤에서 함께 뛰었던 창원 서씨 시조 서창원이다.

그는 귀화한 지 꽤 오래돼서 한국어, 그것도 경남 사투리가 구수하다.

이봉주가 일남일녀를 소개했다.

"이분들은 부산의 이미주 씨와 창원의 심재득 씨입니다. 한국 마스터즈에서는 부동의 남녀 1위입니다. 서창원 씨와 함께 이번 대회 마스터즈로 참가했습니다."

"태수 씨, 지는 부산 서면 살아예. 지가 태수 씨 억수로 팬 아인교? 한번 안아봐도 될까예?"

"아. 네."

30대 중반 늘씬한 아줌마 이미주가 냉큼 태수에게 안겼다가 졸도하는 표정을 지으며 떨어지려고 하지 않는 걸 이봉주가 억지로 떼어냈다.

"심재득입니다. 윈드 마스터 최곱니다. 부디 이번에도 꼭 우승하이소."

작달막하지만 다부진 심재득은 꾸벅 허리를 굽혔다.

세계기록 보유자인 태수는 시카고마라톤대회 배번호 1번을 부여받았으며 사회자에 의해 제일 먼저 소개되었다.

며칠 전까지만 해도 초청비조차 받지 못하고 소개도 되지 않았던 신세였는데 세계기록을 경신하고 나서 대접이 확 달라졌다.

그다음으로 키메토와 킵초게가 차례로 소개되었는데 세 사람이 나란히 서 있으니까 태수는 기분이 묘했다.

한 가지 뜻밖의 일은 이번 대회 엘리트 여자부가 만만치 않다는 사실이다.

작년 이 대회에 출전했던 케냐 선수들은 물론이고 태수가 잘 알고 있는 티루네시 디바바와 그녀의 사촌여동생 마레 디바바도 참가했다.

"헤이, 태수."

태수 뒤에 서 있는 티루네시 디바바가 슬쩍 그의 어깨에 손을 얹었다.

"굿럭, 태수."

"유투, 디바바."

태수가 뒤돌아보자 디바바는 환하게 미소를 지었고 그 옆에 서 있는 마레 디바바도 살포시 미소를 지었다.

에티오피아 여자들은 케냐 여자하고는 달리 인도 쪽에 가까운 용모다. 이목구비가 뚜렷하고 시원시원하게 생겼다.

그때 태수 옆에 나란히 서 있는 신나라가 태수의 손을 살며시 잡았다.

태수가 쳐다보자 신나라는 긴장하는 중에도 배시시 미소 지었다.

"선배님, 파이팅."

어젯밤에 태수가 입고 잤다가 새벽에 벗어준 팬티를 속에 입고 있는 신나라는 어린아이 마냥 밝은 얼굴이다.

"디바바하고 같이 가라."

뒤에 서 있는 디바바가 한국어를 모를 텐데도 태수는 갑자기 생각난 듯 신나라에게 속삭였다.

"어떤 디바바요?"

신나라는 힐끔 뒤돌아보고 나서 물었다.

"티루네시."

"알겠어요."

태수는 잠시 생각하다가 다시 말해주었다.

"그게 아니다. km당 3분 20초하고 디바바하고 빠른 쪽을 선택해라."

신나라는 잘 이해하지 못하겠다는 듯한 표정을 지었다.

신나라가 km당 3분 20초로 달린다면 2시간 21분 이븐 페이스다.

그러다가 러너스 하이나 마의 벽에 부닥쳐서 조금 페이스가 떨어진다고 해도 2시간 23분대에 골인하면 최소한 그녀가 베를린마라톤대회에서 세웠던 2시간 23분 26초 안에는 골인할 수 있을 거라는 태수의 계산이다.

신나라는 복잡한 한국말은 잘 이해하지 못하기 때문에 태수는 다시 설명해 주었다.

"㎞당 3분 20초로 뛰어라. 그런데 디바바가 그것보다 빠르게 달리면 디바바하고 같이 가라. 알았지?"

신나라는 고개를 힘껏 끄떡였다.

"알았어요, 선배님."

태수의 팬티를 입은 데다 그의 금쪽같은 조언까지 듣게 된 신나라는 힘이 펄펄 나는 얼굴이다.

7시 30분 정각.

타앙!

총소리와 함께 태수를 비롯한 엘리트 선수들이 우르르 파도처럼 출발선에서 쏟아져 나갔다.

타타타타타타탁탁탁탁—

선수들이 힘차게 아스팔트를 내딛는 발걸음 소리가 귀를 먹먹하게 했다.

태수는 심윤복 감독이 말한 대로 할 생각이다. 즉 처음부터 끝까지 이븐 페이스로 간다.

그러다가 마지막 2㎞나 1㎞를 남겨두고 남은 여력을 다 쏟아부을 것이다.

단 심윤복 감독은 무리하지 말고 2시간 7분대 ㎞당 3분 1초 페이스로 가라고 했지만 태수는 2시간 5분대 ㎞당 2분 58초로 갈 거다.

태수는 이번 대회 우승에 집착하지 않는다. 순전히 경험 삼 아서 뛴다는 처음 생각에 변함이 없다.

다만 현재 컨디션이 좋기 때문에 2시간 5분대로 잡았다. 달 리다가 좋지 않다는 생각이 들면 그때 가서 시간을 조절하면 된다.

키메토나 킵초게는 신경 쓰지 않을 거다. 그들이 우승을 한 다고 해도 웃으면서 축하해 줄 수 있다.

그렇지만 베를린마라톤대회에서 같이 뛰었던 그들이 태수 보다 더 잘 뛸 수 있을 거라는 생각은 들지 않는다.

탁탁탁탁탁탁……

태수는 출발부터 속도를 내지 않고 ㎞당 2분 58초 페이스 를 유지하면서 달렸다.

스타트부터 속도를 내는 대다수 엘리트 선수는 태수를 뒤 에 놔두고 앞으로 쭉쭉 치고 나갔다.

그렇지만 키메토와 킵초게는 속도를 내지 않고 태수와 한 무리가 되어 뒤에서 묵묵히 달리고 있다.

키메토와 킵초게는 베를린에서 태수가 얼마나 대단한 존재 인지 뼈저리게 깨달았기 때문에 여기에서는 섣불리 행동하지 않을 것이다.

태수는 세계6대메이저마라톤대회 전체 석권이라는 포부를 갖고 있지만, 키메토와 킵초게는 다른 목적으로 여기에서 뛰고 있을 것이다.

모르긴 해도 그들 둘은 우승을 위해서 뛸 것이다. 아프리카계 선수들은 태수처럼 경험 삼아서 마라톤을 뛰지는 않는 것으로 알고 있다.

그들에겐 명예 같은 것도 별로 없다. 오로지 돈을 위해서 전력 질주한다.

한 번 우승하여 상금을 받으면 그 돈으로 가족은 물론 일가친척 모두 몇 년 동안 호의호식한다고 알려져 있다.

초반 스타트에는 남녀 엘리트 선수들이 한데 뒤섞여서 우르르 달려 나간다.

그러다가 남자 엘리트 선두그룹과 2, 3위 그룹이 치고 나가고, 여자 엘리트 선두는 남자 엘리트 4, 5위 그룹과 비슷한 속도로 선두그룹을 형성한다.

처음에 태수와 키메토, 킵초게가 한 무리를 이루었을 때 20여 명의 선수가 한데 섞였는데, 그중에 신나라와 티루네시 디바바, 마레 디바바, 그리고 이번 대회 강력한 여자 우승후보 중에 한 명인 케냐의 키플라갓도 속해 있다.

작년 시카고마라톤대회 여자 우승자인 케냐의 리타 젭투는 나중에 금지 약물인 EPO를 복용했다는 사실이 드러나서 우승이 박탈당하고 2위였던 마레 디바바가 우승, 키플라갓이 3위로 조정됐었다.

당시 마레 디바바는 2시간 25분 37초를, 키플라갓은 2시간 25분 57초를 기록했었다.

신나라는 베를린마라톤대회에서 2시간 23분 26초를 기록하여 3위에 랭크됐었다.

하지만 시카고마라톤대회의 지독한 강풍의 영향으로 기록이 저조한 것을 감안하면 신나라와 마레 디바바, 키플라갓의 기록은 서로 비슷할 것으로 짐작한다.

참고로 마레 디바바는 베를린마라톤대회에 참가했었으며 2위를 했었고 기록은 2시간 23분 7초로 신나라보다 19초 빨랐었다.

마레 디바바 역시 베를린에서 뛰고 14일 만에 시카고에서 뛰고 있는 것이다.

이 대회에는 또 한 명의 강력한 여자 선수가 참가했는데 러시아의 릴리아 쇼부코바가 바로 그녀다.

사실 그녀는 여러 명의 우승후보 중에서 0순위로 꼽히고 있다.

그녀의 최고기록이 2시간 18분 20초로 현존하는 마라톤 여자 선수 중에 단연 최고이기 때문이다.

여자 마라톤 세계기록은 영원한 마라톤의 여제 영국의 폴라 래드클리프가 2003년 런던마라톤대회에서 세운 2시간 15분 25초다.

전문가들은 폴라 래드클리프의 2시간 15분 25초는 영원히 깨지지 않을 대기록이라고 입을 모은다.

거기에 가장 근접한 기록이 바로 러시아의 릴리아 쇼부코바의 2시간 18분 20초다.

폴라 래드클리프가 은퇴를 했기 때문에 올해 37세의 쇼부코바가 단연코 세계 1위다.

참고로 이번 시카고마라톤대회 배번호는 쇼부코바가 1번이고 마레 디바바가 2번, 신나라가 3번이다. 기록상 신나라가 세 번째다.

그리고 쇼부코바 역시 14일 전 베를린마라톤대회에 참가했었으며 그 대회에서 2시간 22분 42초의 기록으로 우승을 차지했었다.

그러고 보니까 베를린마라톤대회 여자 1, 2, 3위 3명 모두 시카고마라톤대회에서 뛰고 있다.

타탁탁탁탁타타타탁—

태수를 비롯한 키메토 등과 신나라를 비롯한 디바바 자매, 그리고 쇼부코바를 비롯한 20여 명이 길게 띠를 이루어 달려 나가고 있다.

그러나 출발하여 채 300m를 가기도 전에 여자 선수들은 차례로 뒤로 처졌다.

여자 선수들은 아무리 기를 써도 km당 2분 58초 이븐 페이스로 달리는 남자 선수들과 한 무리를 이루어 달릴 수가 없다. 그게 여자의 한계다.

풀코스 42.195km 중에서 이제 1km 달렸다.

타타타타타타탁탁탁—

남자 선두그룹은 작년 이 대회에서 2시간 4분 27초로 2위를 했던 27세의 케냐 선수 새미 키트와라, 2시간 4분 32초로 3위를 한 딕슨 춤바, 그리고 같은 케냐의 윌슨 샤벳, 에티오피아의 올해 보스턴마라톤대회 우승자 렐리사 데시사, 역시 에티오피아의 야만 트세가이 5명이 이끌고 있으며 모두 12명이 길게 일렬로 달리고 있다.

태수를 비롯한 키메토와 킵초게는 14일 전에 베를린마라톤대회를 뛰고 왔지만 키트와라 등 선두그룹은 이 대회를 위해서 갈고닦은 컨디션 최상의 선수들이다.

선두그룹과 태수가 속한 2위 그룹의 거리는 15m인데 점점 더 벌어지고 있다.

선도차는 선두그룹 앞쪽에서 달리고 있지만 공식 중계차 한 대를 제외하고는 대여섯 대 모두, 그리고 10대 이상의 모터바이크 중계는 죄다 2위 그룹을 찍고 있다. 진짜 강자 3명이 모두 2위 그룹에 몰려 있기 때문이다.

그중에서도 거의 모든 카메라가 태수를 집중적으로 촬영하고 있다.

태수를 집중 촬영하는 방송사는 대한민국 방송 3사 KBS, MBC, SBS가 중심이고 미국 현지 방송사나 독일, 영국 등 유럽 방송사들이 편대를 이루고 있다.

한국 방송 3사들은 과거처럼 타 방송사 차량이나 모터바이크들과 경쟁도 하지 않고 당당하게 가장 가까운 거리에서 태수를 촬영하고 있다.

영토 크기나 경제력, 군사력 순위에서는 대한민국이 조금 밀릴지 모르지만, 마라톤에서는 현재 세계 1위 국가이기 때문에 거칠 것이 없다.

이것이 얼마 전과 비교해서 달라진 대한민국 마라톤의 위상이다.

사실 세계에서 대한민국이라는 국가는 그다지 널리 알려져 있지 않다.

아직도 대한민국이 일본의 식민지인 줄 알고 있는 나라가 있는가 하면, 심지어 대한민국이 중국의 일개 변방이라고 버젓이 교과서에 적혀 있는 나라도 있는 실정이다.

그런데 이번에 태수가 마라톤 세계기록을 경신하면서 전 세계가 대한민국을 새롭게 집중 조명하고 있다.

태수는 5㎞까지 14분 49초가 걸렸다. 정확하게 ㎞당 2분 58초 페이스다.

태수는 다른 건 몰라도 속도를 조절하는 능력만큼은 타의 추종을 불허한다.

탁탁탁탁탁탁—

2위 그룹은 길게 15명 정도가 구성하고 있다.

태수와 키메토, 킵초게가 선두를 달리는데 거기에 여자 선수가 한 명 끼어 있다.

놀랍게도 그녀는 현존하는 여자 마라톤 세계 1인자 러시아의 릴리아 쇼부코바다.

여자 마라톤 세계 1인자라고는 하지만 여자 그것도 만으로 35살의 노장인 그녀가 태수와 나란히 2위 그룹 선두를 달리고 있으며 그 뒤에 키메토와 킵초게가 따르고 있다.

태수도 쇼부코바도 서로를 거의 쳐다보지 않고 앞만 주시하면서 달린다.

당연히 여자 선두는 쇼부코바다. 여자 2위 그룹은 5㎞를 지난 현재 400m쯤 뒤처져 있다.

그러니까 이런 식으로 5~6㎞만 더 가면 쇼부코바는 여자 2위 그룹과 1㎞를 벌려놓아 부동의 1위를 고수할 수 있게 된다.

마라토너가 대회에 임하면 여러 작전이 있지만 지금 쇼부코바처럼 남자 2위 그룹하고 함께 가는 전략도 간혹 있기는 하다.

그렇지만 남자 2위 그룹하고 끝까지 갈 수는 없다. 끝까지 가면 아무리 늦어도 2시간 10분 안에 골인하는데, 그러면 폴라 래드클리프가 갖고 있는 2시간 15분대를 5분이나 경신하게 된다.

이런 경우는 초반에 치고 나갔다가 여자 2위 그룹하고 최대한 거리를 벌려놓은 후에 이븐 페이스로 달리는 작전이다.

태수는 릴리아 쇼부코바에 대해서는 아무것도 모르지만 그녀가 10㎞ 이상 이런 식으로 같이 달리지는 못할 거라고 예상했다.

6㎞를 지날 때까지도 쇼부코바는 태수 오른쪽에서 나란히 달렸다.

그제야 태수는 비로소 그녀를 처음으로 제대로 살펴보았다.

태수가 보기에 쇼부코바는 172㎝ 정도의 키에 마른 체구지만 근육이 잘 발달되어 달리기를 하기에 매우 훌륭한 신체조건을 지녔다.

그녀는 스트라이드주법, 즉 보폭을 넓게 뛰는 주법을 구사하고 있으며, 자신의 키보다 넓은 약 175㎝의 보폭으로 성큼성큼 달리고 있다.

사실 쇼부코바는 실내 3,000m 세계기록을 보유했으며, 3,000m, 5,000m 유럽기록 보유자다.

　또한 2009년, 2010년, 2011년 3년 연속 시카고마라톤대회 여자 우승자였기도 하다.

　현재 태수는 185㎝ 스트라이드에 분당 주행회수 190회 정도로 달리고 있는데, 쇼부코바는 175㎝ 스트라이드에 206회 정도의 주행회수로 달리고 있다.

　스트라이드주법의 선수가 분당 206회의 주행회수라는 것은 발놀림이 무척 빠르다는 것이다.

　태수는 쇼부코바의 얼굴을 쳐다보았다. 러시아 여자들이 미인이라지만 쇼부코바를 두고 하는 말 같았다. 구리빛으로 그을린 옆얼굴이 조각처럼 매끄러웠다.

　그때 쇼부코바가 태수를 쳐다보더니 시선이 마주치자 방긋 미소를 지어 보였다.

　"Feel honored(영광이에요)."

　"Same here(동감입니다)."

　태수는 쇼부코바에게서 좋은 인상을 받았다.

　파아아―

　예상했던 대로 미시간호에서 불어오는 오른쪽 강풍이 장난 아니다. 여기에 비하면 부산 수영강 바람은 산들바람이다.

이런 강풍이 정면에서 불어오지 않는 게 다행이지만 오른쪽에서 부는 것도 문제다.

남자인 태수가 힘을 주지 않으면 달리면서 자꾸 왼쪽으로 밀리려고 하는데 여자들은 더할 것이다.

툭…….

쇼부코바는 지금까지 달리면서 강풍 때문에 밀려서 태수에게 여러 번 부딪쳤다.

그다지 큰 충격은 아니지만 서로 팔이 얽히기도 해서 달리는 데 조금 지장을 주었다.

탁탁탁탁탁…….

태수는 속도를 조금 줄였다가 쇼부코바의 뒤쪽에서 오른쪽으로 치고 나가 나란히 달렸다.

쇼부코바보다 체구가 훨씬 큰 태수가 오른쪽에서 달리니까 강풍의 절반쯤은 감소시켰다.

반면에 쇼부코바가 오른쪽에서 달릴 때 태수는 강풍을 고스란히 받았었다.

그녀의 체구가 가냘프기 때문이다. 그러니까 태수로서는 오른쪽이나 왼쪽이나 상관이 없다.

쇼부코바는 태수를 쳐다보면서 미소 지었다.

7㎞ 지점 현재 시간은 20분 47초를 지나고 있다. 그때까지

도 태수는 꾸준히 km당 2분 57~58분 페이스를 유지하고 있는 중이다.

그동안 태수의 2위 그룹은 약간의 변화가 있었다.

선두그룹에서 떨어져 나온 케냐의 윌슨 샤벳과 에티오피아의 야만 트세가이 2명이 태수 앞 5m쯤에서 나란히 달리고 있다.

그리고 쇼부코바는 여전히 태수 왼쪽에서 나란히 달리고 있으며, 뒤에 키메토와 킵초게, 그리고 그 뒤에 3명의 서양 선수가 줄지어 달리는데 맨 뒤에 니시무라 신지가 따라붙어 있었다.

니시무라 신지는 이마이 마사토와 함께 일본 북해도마라톤대회에서 태수와 처음 대결을 벌였었다.

이후 베이징세계육상선수권대회 마라톤에서 두 번째 대결을 했으며 이번이 세 번째다. 태수는 니시무라 신지를 시카고에서 볼 줄은 예상하지 못했다.

니시무라 신지는 일본 북해도마라톤대회 때 이마이 마사토에 이어서 3위를 했으며 그때 자신의 최고기록인 2시간 8분 44초를 냈었다.

지금 태수의 속도로 피니시라인까지 가면 2시간 5분대인데 니시무라가 2위 그룹에 따라붙은 것은 자신이 있다는 건지 아니면 오버 페이스인지 모를 일이다.

어떻게 보면 쇼부코바나 니시무라 신지, 그리고 키메토와 킵초게까지 태수를 견제하면서 페이스메이커, 페메로 삼고 있는 상황이다.

태수는 이대로 가다가 2㎞쯤 남겨둔 상황에서 여력이 남아 있으면 마지막 스퍼트를 해서 2시간 4분대에도 골인할 수 있을 것이라는 생각이 들었다.

"하아앗! 하아앗! 하아앗!"

착착착착착—

쇼부코바의 숨소리가 아까보다 조금 거칠어졌다. 그리고 미드풋 발 중간 착지인 그녀의 발걸음 소리도 조금 커진 것처럼 들렸다.

그렇지만 태수는 쇼부코바가 아직 떨어져 나가지는 않을 거라고 생각했다.

그녀의 한계는 12㎞일 것이다. 그 이상 태수를 따라오면 명백한 오버 페이스를 하게 되어 리타이어하고 말 것이다.

어떻게 그런 계산이 나오느냐면, 예전 북해도마라톤대회에서 신나라가 태수하고 나란히 ㎞당 2분 56~57초 페이스로 무려 15㎞까지 달리다가 기진맥진하여 기록이 저조했던 일이 있었기 때문이다.

현재 선두그룹은 태수 전방 150m 거리다. 5㎞부터 줄곧 150m를 유지하고 있는 걸 보면 선두그룹도 ㎞당 2분 57~58초 페이스라는 얘기다.

9km를 조금 지났을 때 태수 앞쪽에서 나란히 달리던 2명 월슨 샤벳과 야만 트세가이가 뒤처지더니 태수 뒤쪽으로 밀려났다.

베를린마라톤을 뛰고 14일 만에 다시 시카고마라톤대회를 뛰는 태수보다도 못 달린다는 것은 그들이 2시간 8분대 기록이기 때문이다.

태수는 베를린마라톤 이후 14일 만에 다시 뛴다고 해도 2시간 5~6분에 완주할 수 있다.

그러니까 샤벳과 트세가이보다 2~3분 더 빠르다. 2~3분이라고 하면 별것 아닌 것 같지만 실제 주로에서는 지금처럼 큰 차이가 나는 것이다.

말하자면 급이 다르다. 태수와 상대하려면 키메토나 킵초게, 무타이, 킵상, 케베데 같은 최정상급 선수여야만 한다.

샤벳과 트세가이가 태수 뒤쪽으로 처지고 나서 얼마 지나지 않아 키메토와 킵초게가 태수 오른쪽으로 느릿하게 치고 나가기 시작했다.

키메토와 킵초게는 줄곧 태수 뒤를 묵묵히 따라왔는데 드디어 행동을 개시했다.

탁탁탁탁탁탁——

그러나 태수는 흔들리지 않고 자신의 속도를 유지했다.

그러는 사이에 키메토와 킵초게는 조금씩 앞으로 거리를 벌려 나갔다.

태수가 봤을 때 키메토와 킵초게는 km당 2분 55초 이상의 속도다.

만약 태수가 지금 같은 컨디션에 그 속도로 달린다면 최대 5km 이내에 제 페이스로 돌아와야 한다. 계속 간다면 오버 페이스다.

그런 생각을 키메토나 킵초게도 할 것이다. 그러므로 두 사람은 5km 이내에서 선두그룹에 합류하거나 선두그룹을 추월하려는 게 분명하다.

둘이 승부수를 던지고 있지만 태수는 이븐 페이스를 지킬 생각이다.

그는 지금까지 한 번도 스타트부터 골인까지 이븐 페이스로 뛰어본 적이 없었다.

이븐 페이스로 뛰다가도 꼭 무슨 일이 생겨서 중간에 여러 번 스퍼트를 했었다.

이번 대회를 경험 삼아서 뛰는 거라면 이븐 페이스로 끝까지 뛰는 것도 좋은 경험이 될 것이다.

그때 태수는 쇼부코바가 자신을 쳐다보는 것 같은 느낌이라서 그녀를 쳐다보았다.

쇼부코바는 눈으로 앞서 달리고 있는 키메토와 킵초게를 쳐다보고는 다시 태수를 쳐다보았다.

저들이 치고 나가는데 당신은 어떻게 할 것이냐고 묻는 것 같았다.

"이븐 페이스."

태수가 싱긋 미소 지으며 대답하니까 쇼부코바도 미소로 답하고는 태수 옆을 지켰다.

태수의 짐작으로는 키메토와 킵초게가 5km 이내에서 선두 그룹에 합류하거나 추월한다고 해도 다시 km당 2분 57~58초 이븐 페이스를 회복하기는 어려울 것 같았다.

모르긴 해도 저렇게 속도를 높이다가는 베를린대회에서 누적된 피로가 더 빨리 드러나고 말 것이다.

탁탁탁탁탁탁탁……

"하앗! 하앗! 하앗! 하앗!"

쇼부코바는 10km에서 숨소리가 매우 가빠지더니 태수를 향해 오른손 중지와 검지를 꼬아서 십자가를 만들어 보이고는 뒤로 처지기 시작했다.

그녀의 손가락 모양은 서양사람들이 흔히 상대에게 'Cross one's fingers'라고 말할 때 하는 제스처로 '행운을 빈다'는 뜻이다.

쇼부코바는 현명하다. 태수와 함께 15㎞까지도 갈 수 있지만 이쯤에서 제 속도, 즉 ㎞당 3분 20초 이븐 페이스로 가면 피니시라인에 2시간 20분 안에 안착할 수 있을 것이다. 이 대회에서 2시간 20분 기록이라면 무난하게 여자부 우승을 할 수 있을 것이다.

키메토와 킵초게는 태수가 예상했던 대로 선두그룹을 추월하여 앞서 나갔다.

조금 전까지 선두그룹이었던 2위 그룹에서 키트와라하고 춤바가 키메토, 킵초게 뒤를 맹렬히 따라붙었다.

그들 4명은 확실한 선두그룹을 형성하면서 앞으로 쭉쭉 치고 나갔다.

태수는 졸지에 3위 그룹으로 밀려났으나 그다지 염려하지 않았다. 이제 겨우 10㎞니까 풀코스 전체의 4분의 1도 채 못 왔다.

태수가 이대로만 가면 2시간 5분은 무난하지만 심윤복 감독이 걱정하는 것, 즉 베를린마라톤대회에서 누적된 피로가 언제 어디에서 발작할 것인지, 아니면 다행히 발작하지 않을지 그걸 알 수가 없다.

한 가지 분명한 것은 무리해서 속도를 높이면 누적된 피로가 발작하지 않을 것도 발작을 할 것이고, 발작을 하게 된다면 그 시기를 더 앞당기게 될 거라는 사실이다.

탁탁탁탁탁탁……

"후우… 하아… 후우… 하아……."

어쨌든 태수는 지금 매우 평온한 상태로 달리고 있다. 이대로만 간다면 누적된 피로가 발작하지 않을 것 같다는 생각을 조심스럽게 해본다.

슬쩍 뒤돌아보았다. 조금 전에 뒤처졌던 샤벳과 트세가이가 니시무라 신지하고 한 무리가 되어 7~8m 후미에서 따라오고 있다.

그리고 그 뒤 10m쯤에서 쇼부코바가 조금씩 뒤로 처지고 있다가 태수가 뒤돌아보자 미소를 지어 보였다.

태수 앞에는 아까 150m 거리였던 2위 렐리사 데시사가 100m로 거리가 좁혀진 상태로 달리고 있으며 그 앞 100m 거리에서 키메토와 킵초게, 춤바, 키트와라가 일렬로 달리고 있다.

태수가 알기로는 렐리사 데시사는 2013년 보스턴마라톤대회 테러사건이 일어났을 때 우승자였으며 올해 또 우승을 해서 2연패를 달성했다.

하지만 보스턴마라톤대회 코스가 언덕이 많다고 해도 2시간 9분대의 기록이라면 세계정상급이라고는 할 수 없다.

태수의 예상으로 이번 시카고마라톤대회 우승자는 최소한 2시간 3~4분대에서 나올 것이다.

렐리사 데시사가 4월에 치러진 보스턴마라톤대회 이후 10월까지 얼마나 강훈련을 했는지는 몰라도 그사이에 기록을 5~6분이나 단축했을 리가 없다. 그러므로 데시사는 조만간 태수 뒤로 처질 게 분명하다.

탓탓탓탁탁탁탁탁……

"헉헉헉헉헉……"

14km에서 뜻밖의 상황이 벌어졌다.

단독 2위였던 렐리사 데시사가 뒤로 처져서 태수하고 합류하는 바람에 태수는 자연스럽게 2위 그룹이 됐다.

현재 2위 그룹은 6명이다.

태수와 데시사, 니시무라 신지, 샤벳, 트세가이, 그리고 전혀 뜻밖의 선수인 에루체다.

몇 달 전에 케냐에서 대한민국으로 귀화하여 충주시에 둥지를 틀고 오주한이라는 한국이름으로 개명한 에루체, 아니, 오주한이 태수의 2위 그룹에 합류한 것이다.

태수가 14km까지 걸린 시간은 41분 37초. km당 2분 58초의 속도로 14km를 달릴 경우 소요되는 시간대는 41분 26~38초까지다.

그런데 41분 37초가 걸렸으니까 km당 2분 58초라고 해도 더딘 2분 58초다.

어쨌든 태수가 계획한 대로 정확하게 2분 58초의 속도로 달리고 있다.

탁탁탁탁탁……

"하앗! 하앗! 하앗! 하앗!"

2위 그룹은 태수가 선두에서 이끌고 있는데 오주한이 치고 나오더니 태수 오른쪽에서 나란히 붙으며 태수를 보더니 싱긋 미소 지었다.

태수는 오주한을 쳐다보며 같이 미소 지었다. 겉모습은 케냐인이지만 한국으로 귀화했으니 어쨌든 한국인이다.

오주한의 싱글렛 왼쪽에 새겨진 태극기가 유난히 선명하다.

제25장
WMM 1위

태수의 전방 오른쪽에 15km 지점 급수대가 죽 늘어서 있는
게 보였다.

5km와 10km 급수대에서는 민영과 심윤복 감독을 보지 못했
었다.

이번 마라톤 주로는 시카고 그랜드파크를 출발하여 줄곧
미시간호 서남쪽에 호수를 따라서 길게 뻗어 있는 N Lake
shore Dr 대로를 달린다.

15km 급수대 뒤쪽은 링컨파크와 몬트로스하버다. 급수대
양쪽으로도 수많은 응원 인파가 보였다.

마라톤 주로인 'N Lake shore Dr'을 교통 통제하기 때문에 민영과 심윤복 감독이 급수대까지 오는 데 애를 먹고 있는 모양이다.

태수의 스페셜 테이블은 급수대 1번이다. 태수는 누가 뭐래도 현재 세계랭킹 부동의 1위라서 세계 어느 마라톤대회에 참가하더라도 최고의 대접을 받는다.

현재 전 세계 육상계에는 2개의 막강한 파워를 자랑하는 단체가 있다. 세계육상경기연맹인 IAAF와 WMM이다.

WMM은 2006년 보스턴, 런던, 시카고, 베를린, 뉴욕마라톤 등 세계 최대 메이저 대회라고 불리던 5개 대회가 연합하여 'World Marathon Majors', WMM시리즈를 창설하면서 공식화됐으며, 2013년에 도쿄마라톤이 포함되어 세계6대메이저대회로 규모가 커졌다.

WMM시리즈는 2년간 세계6대메이저대회와 올림픽 마라톤, 세계육상선수권대회 마라톤 종목의 성적을 종합해서 가장 우수한 남녀 마라토너에게 100만 달러의 상금을 준다.

WMM시리즈 우승이 엄청난 상금과 함께 세계랭킹 1위의 러너라는 명예가 주어지기 때문에 세계 톱랭커들은 당연히 세계6대메이저대회에 집중할 수밖에 없는 것이다.

WMM은 세계6대메이저마라톤대회와 올림픽 마라톤, 세계육상선수권대회 마라톤에서 입상권에 든 선수에게 점수를 부

여하는데, 1위 25점, 2위 15점, 3위 10점, 4위 5점, 5위 1점을
주는 방식이다.

태수는 올해에만 베이징세계선수권대회 마라톤에서 우승하
고, 베를린마라톤대회에서 우승하여 합계 50점을 획득했다.

현재 WMM에서 부여하는 점수 50점으로 공동 선두는 4명
이다. 태수와 키메토, 킵초게, 무타이다.

WMM은 작년과 올해 2년간의 점수를 집계하여 최종 우승
자를 선발, 내년 초에 우승 상금 100만 달러를 지급한다.

만약 태수나 키메토, 킵초게가 이번 시카고마라톤대회에서
우승하면 점수 25점을 얻어서 합계 75점으로 WMM 1위가 된
다.

이들 세 사람은 베를린마라톤대회를 뛰고 시카고마라톤대
회를 연거푸 뛰기 때문에 26일 후에 열리는 뉴욕마라톤대회
를 뛸 수는 없을 것이다.

그러므로 이번 대회의 우승자가 WMM이 인정하는 월드챔
피언이 될 가능성이 높다.

태수는 WMM에 대한 설명을 민영이나 심윤복 감독에게 듣
기는 했지만 그다지 큰 관심은 없다.

우승 상금 100만 달러는 10억 원을 웃도는 큰돈이지만 1천
억 재산가인 태수에게는 별 의미가 없다.

또한 월드챔피언이라는 것도 조금 흥미를 끌기는 하지만 태

수의 목표는 아니다.

태수가 '세계6대메이저마라톤대회 석권'이라는 새로운 목표를 설정했을 때에는 WMM이라는 존재를 몰랐다. 그가 그런 목표를 정하고 나니까 민영과 심윤복 감독이 WMM에 대해서 설명을 해주었던 것이다.

그러나 급수대의 스페셜 테이블 순서는 무조건 기록순이다.

태수는 IAAF가 인정하는 마라톤기록 세계 1위다.

급수대가 어디에 있느냐는 사실은 별것 아닌 것 같지만 갈증이 극에 달한 선수들에겐 한시라도 빨리 수분을 공급하는 것이 생명줄과도 같다.

더구나 스페셜 테이블 1번이면 급수대 맨 처음에 있으니까 달리다가 가장 먼저 물을 마실 수 있다.

그다음부터는 선수가 자신의 스페셜 테이블을 찾아야 하는 수고와 번거로움이 뒤따르고, 찾았다고 해도 줄줄이 이어진 스페셜 테이블에서 내미는 스포츠 음료나 특수 조제한 음료가 든 병을 낚아채는 것 또한 만만치 않은 일이다.

탁탁탁탁탁탁탁……

태수는 스페셜 테이블 1번에 민영과 심윤복 감독이 서 있는 모습을 보고 얼른 손목시계의 시간을 확인했다.

15km까지 44분 35초.

여전히 ㎞당 2분 58초로 왔다. 더 중요한 사실은 태수의 컨디션이 여전히 좋다는 것이다.

타타타타탁―

태수가 급수대로 방향을 틀면서 약간 속도를 늦추는데 갑자기 그를 앞지르면서 누군가 튀어 나갔다.

쳐다보니까 니시무라 신지가 총알처럼 달려가면서 급수대 쪽으로 방향을 틀고 있는 게 보였다. 급수대에서는 선수들이 무의식중에 속도가 떨어지니까 그때를 이용해서 추월을 하는 것 같았다.

특수 조제한 음료수가 든 물통을 내밀고 있는 민영이나 그 옆에 서 있는 심윤복 감독의 얼굴에 뜨거운 열기가 가득 떠올라 있다.

"키메토 킵초게 처지고 있다!"

심윤복 감독은 태수가 스페셜 테이블 1번으로 달려오는 걸 보면서 악을 썼다.

급수대에서 선수와 코치진이 소통할 수 있는 시간이 매우 짧기 때문에 최대한 말을 축약해서 정확하게 전달해야만 한다.

"키트와라 춤바가 선두! 500m다!"

민영이 양손에 쥐고 있는 음료수 물통과 생수병이 태수에게 전해진다.

"오빠 사랑해!"

민영은 자신의 모든 열정을 담아서 비명처럼 외쳤다.

외치고 나서 그녀는 어리둥절했다. '힘내!'라고 외치려 했는데 어째서 '오빠 사랑해!'라는 말이 그녀도 모르게 튀어나갔는지 모른다.

날이 갈수록 태수를 점점 더 사랑하게 된 민영은 최근에는 사랑의 열병을 앓고 있는 중이다.

타타탁탁타타타탁탁…….

태수는 달리면서 음료수 물통 뚜껑의 고리를 이빨로 물어서 열고 벌컥벌컥 마셨다.

그러고는 생수병도 고리를 이빨로 물어서 열고 선글라스를 쓰고 있는 얼굴과 가슴, 허벅지, 무릎에 차디찬 얼음물을 뿌렸다.

선수용 물병은 이빨로 쉽게 물어서 잡아당겨 열 수 있도록 특수하게 만들었다.

에루체 오주한도 자기 급수대에서 물병 하나를 받아 쥐고 마시면서 주로의 대열에 합류하기 위해서 뛰어왔다.

자기 급수대가 아닌 다른 선수 급수대에서 물을 받아서 마시면 실격으로 처리된다.

그러나 선수가 자기 급수대에서 받은 물을 다른 선수에게 주는 건 상관이 없다.

태수는 왼손의 음료수를 다시 마시려다가 급수대 쪽에서 주로로 합류하고 있는 니시무라 신지를 발견했다.

그런데 그는 빈손이다. 달리면서 자기 급수대에서 물통을 낚아채는 것을 실패한 모양이다.

그렇다고 해서 달리던 걸음을 멈추고 되돌아가서 물통을 받아 오는 것은 엄청난 손해다. 차라리 물을 마시지 못한 상태로 그냥 뛰는 게 낫다.

마라톤 풀코스에는 매 5㎞마다 급수대가 있다. 출발해서 10㎞쯤 지나면서부터 목이 타기 시작한다.

그러고는 급수대에서 물 마시고 나서 1~2㎞밖에 안 갔는데 또다시 목이 탄다.

땀을 많이 흘리고 체열이 상승하기 때문이다. 물을 마셔서 수분을 보충하고 체열을 내려주지 않으면 탈수증이나 열사병에 걸려서 위험하게 된다.

몸의 체온이 지나치게 상승하게 되면 방위 반응이 기능하여 몸이 마음대로 움직이지 않게 된다.

사람은 체온이 높아졌을 때 발한(發汗)을 한다. 즉 땀으로 수분을 배출하여 체열을 발산시켜 체온조절을 하는 것이다.

그것을 체온조절기능이라고 하는데, 땀을 대량으로 흘리게 되면 체온조절기능이 작동하지 않게 된다.

마라톤의 경우 가능한 한 땀을 흘리지 않고 체온조절을 할 수 있으면 더할 나위 없이 좋다.

땀을 흘려서 체온조절을 하는 것은 바람직하지 않다. 엄격하게 말해서 땀을 많이 흘리는 사람은 마라톤에 적합한 체질이 아니다.

왜냐하면 땀을 흘리면 수분과 나트륨, 칼륨까지 유실되므로 하프를 지나면 페이스가 저절로 떨어진다.

태수는 처음에 땀을 엄청 흘렸었다. 그런데 강훈련을 거듭함으로써 점차 땀을 흘리지 않는 체질로 변화했다.

LSD훈련을 많이 하면 모세혈관이 발달하고 집중 달리기를 통해서 동정맥문합(動靜脈吻合)이 일어나 땀을 흘리지 않아도 체온 상승을 막을 수 있는 몸으로 변화해 간다.

현재의 태수는 땀을 거의 흘리지 않는 달리기에 적합한 신체로 변화한 상태다.

그런 몸을 만들지 못하면 아무리 강훈련을 많이 해도 소용이 없다.

땀을 많이 흘려서 수분과 나트륨, 칼륨을 대량으로 유실하여 탈수에 의한 체력 저하가 오기 때문이다.

타탁탁탁탁…….

태수는 오주한과 함께 나란히 달리다가 니시무라 신지가 일그러진 얼굴로 합류하는 것을 보고 오른손에 쥐고 있던 생수병을 내밀었다.

니시무라 신지는 태수가 내민 생수병을 힐끗 보더니 냉랭하게 외면하고 앞으로 달려 나갔다.

급수대에서 물병을 챙기지 못했을 경우에는 종종 동료들이 자기 물병을 나눠주기도 하는데 어쩐 일인지 니시무라 신지는 불쾌하다는 듯 냅다 달려가 버렸다.

태수는 남은 생수를 자신과 오주한의 어깨에 뿌리고 나서 빈 병을 버리고 왼손의 음료수를 조금 더 마시고는 길가로 버렸다.

심윤복 감독은 키메토와 킵초게가 선두그룹에서 뒤처지고 있다고 말했는데, 과연 완만하게 왼쪽으로 굽은 주로를 돌아가자 두 사람의 모습이 보였다.

거리는 250m 정도다.

탁탁탁탁탁탁탁……

17㎞ 지점. 현재 시간은 50분 13초, ㎞당 2분 57초의 속도다.

지금까지 ㎞당 2분 58초를 유지하면서 달렸는데 태수 자신도 모르는 사이에 속도가 조금 빨라졌나보다.

태수와 오주한이 나란히 달리고 그 뒤 7m쯤에서 렐리사 데시사와 샤벳, 트세가이가 2~3m 간격 일렬로 열심히 뒤따르고 있다.

다른 사람이 보더라도, 그리고 태수 자신이 느끼기에도 그의 달리는 모습은 조금도 힘들어 하지 않고 매우 편안한 것 같았다.

17㎞면 아직 초반이다. 하프가 지나야 중반이고 30㎞쯤 가야지만 후반이라고 한다.

태수가 경계하는 것은 다른 선수들이 아니라 자기 자신의 몸 상태다. 누적된 피로가 언제 발작할지 그것이 초미의 관심사다.

키메토와 킵초게가 선두그룹에서 떨어져 나와 뒤처지고 있는 이유는 오버 페이스를 해서 누적된 피로를 발작시켰기 때문일 것이다.

태수 앞 10m쯤에서 니시무라 신지가 혼자 부지런히 달리고 있지만 그가 3위고 태수 등이 4위 그룹이라고 보기에는 무리가 있다.

탁탁탁탁탁탁……

"헉헉헉헉헉헉……."

니시무라 신지의 거친 숨소리가 바람을 타고 태수에게 똑똑히 들렸고 아스팔트를 내딛는 발걸음이 무거우면서도 조금 불안해 보였다.

태수보다 10㎝ 작은 168㎝의 니시무라 신지는 동양인의 전형적인 피스톤주법이다.

발뒤꿈치부터 바닥에 닿고 종종걸음으로 빠르게 피치를 올리고 있다.

스트라이드는 자신의 키보다도 적은 160㎝ 정도라서 그걸 보완하기 위해서 피치를 빠르게 하는데 분당 주행회수가 무려 214회나 된다.

피스톤주법이기 때문에 한 걸음 내디딜 때마다 브레이크가 걸려서 분당 214회 브레이크가 걸리고, 그래서 주춤 늦어진 속도를 재차 가속하기 위해서 분당 214회 바닥을 박차야 하는 악순환이 거듭되기 때문에 그만큼 체력 소모가 크다.

니시무라 신지는 자꾸 태수를 뒤돌아보면서 달렸다. 그만큼 태수를 신경 쓴다는 뜻이다.

그렇지만 태수는 니시무라 신지를 0.1%도 신경 쓰지 않는다. 그가 보기에 니시무라 신지는 백프로 오버 페이스다. 저렇게 달리다가는 10위권에도 들지 못할 거다.

탁탁탁탁탁탁……

태수는 ㎞당 2분 58초의 속도를 고집하지 않았다. 조금 빠르거나 조금 늦다고 해도 상관이 없다. 편하게 달리면 그걸로 만족이다.

킵초게가 100m 전방까지 뒤처졌고, 키메토는 그 앞 30m에서 달리고 있다.

키메토와 킵초게는 오버 페이스를 한 대가를 톡톡히 치르고 있다.

태수가 봤을 때 두 사람의 속도는 km당 3분 2~3초로 떨어져 있었다.

그들이 자꾸 뒤돌아보는 모습이 태수 눈에도 잘 보였다.

키메토와 킵초게가 두려워하는 사람은 선두인 키트와라나 춤바가 아니라 뒤따라오고 있는 태수다.

이 대회에서만큼은 태수에게 지고 싶지 않지만 현실은 두 사람을 외면한 것 같다.

두 사람의 패인은 오버 페이스다. 똑같은 상황에서도 이븐 페이스로 뛰고 있는 태수는 평온한데 오버 페이스를 한 두 사람은 지쳤다.

참 묘한 일이다. 똑같이 17km를 달려왔는데 한쪽은 편안하고 다른 한쪽은 지쳤다는 게 무엇을 뜻하는가.

19km를 조금 지난 곳에서 마침내 태수는 킵초게하고 나란히 달리게 되었다.

태수는 100m 앞서 있던 킵초게를 따라잡으려고 애쓰지 않고 원래의 속도를 줄곧 유지했었다.

타타타탁탁탁탁탁……

태수와 오주한, 킵초게가 나란히 달렸다. 태수 왼쪽에 킵초게가, 오른쪽에서 오주한이 양 날개처럼 달렸다.

태수 앞쪽 10m에는 여전히 니시무라 신지가 거친 숨소리에 불안전한 자세로 역주하고 있다.

그리고 그 너머 전방 50m 거리에서 키메토가 달리고 있다.

태수 왼쪽에서 나란히 달리게 된 킵초게는 더 이상 뒤로 처지지 않았다.

지금까지 태수는 km당 2분 57~58초였고 킵초게는 3분 2~3초였는데, 나란히 달리게 되면서부터 킵초게는 태수의 페이스에 맞춰서 달렸다.

태수는 킵초게를 일부러 쳐다보지 않았지만 그의 호흡과 발걸음 소리가 매우 안정적인 것을 듣고는 한 가지 사실을 깨달았다.

아까 키메토와 킵초게가 선두그룹에서 뒤처지고 있다는 사실을 안 것은 15km 지점 급수대였다.

그리고 킵초게를 따라잡은 것은 19km 지점이니까 킵초게는 4km 이상의 거리를 km당 3분 2~3초의 속도로 달렸다는 얘기다.

다시 말해서 태수보다 km당 약 5초 늦은 속도로 달리면서 충분히 휴식을 취했을 거라는 얘기다.

만약 태수였다면 오버 페이스를 했더라도 4km 약 12분 동안 천천히 달리면서 휴식을 취한다면 어느 정도 안정을 되찾을 수 있을 것이다.

그렇지만 분명한 것은 오버 페이스를 하지 않은 것보다 나은 상태는 아니다.

그렇지만 태수는 킵초게를 신경 쓰지 않았다. 이 사람 저 사람 다 신경을 쓰다 보면 일일이 대처를 해야 하고 그러면 죽도 밥도 안 된다는 사실을 그다지 많지 않은 경험을 통해서 알게 되었다.

키메토는 아까 킵초게 앞쪽 30m 거리였는데 킵초게가 태수하고 나란히 달리게 된 지금 계산상으로는 20m나 10m로 가까워져야 하는데 외려 50m로 멀어졌다.

킵초게가 속도를 늦춰서 달리는 동안 휴식을 취하고, 그 이후에 태수하고 나란히 달리는 작전을 선택했다면, 키메토는 휴식을 절반만 취한 다음에 계속 조금씩 빠르게 치고 나가는 방법을 선택한 것 같다.

키메토는 자주는 아니지만 가끔 뒤돌아보면서 뒤에서 따라오는 선수들을 경계했다.

아니, 정확히 말하자면 태수를 경계하는 것이다. 태수가 키메토의 지표이고 페메였다.

베를린마라톤대회 이전에 키메토는 윈드 마스터라는 닉네임도, 한태수라는 이름도 들어본 적이 없었다.

키메토 쪽에서 보자면 생면부지의 무명 선수에게 전혀 경계하지도 않은 상황에서 졸지에 세계 1위 자리를 뺏긴 것이다. 키메토 입장에서는 백주대낮에 강도를 당한 기분이었을 것이다.

불침의 이지스 구축함이 소형 고속정에게 격침당하고 말았다. 그것도 무방비 상태에서 말이다.

베를린마라톤대회 이후 전 세계가 대한민국의 윈드 마스터 한태수에 대해서 캐내기 시작했으며 그를 집중 조명했다.

더욱 놀라운 사실은 그가 올해 4월에 처음 마라톤, 그것도 하프마라톤을 뛰기 시작했다는 것이다.

그렇다면 그는 마라톤에 입문한 지 불과 5개월 만에 세계기록을 갈아치우고 IAAF가 인정하는 명실상부한 세계랭킹 1위가 되었다는 얘기다.

마라톤은 '우연'이라든지 '운이 좋아서'라는 게 없다. 철저하게 실력이 결과를 증명한다.

축구나 야구, 골프 같은 종목도 실력이 중요하지만 어느 정도 운이 작용을 한다. 그렇지만 마라톤은 운(運)하고는 애당초 아무런 상관이 없다.

그러나 키메토는 베를린마라톤대회에서의 패배를 아직도 인정하고 싶지가 않았다.

그런 일은 절대로 일어나지 않겠지만, 만에 하나 이번 시카고마라톤대회에서도 태수에게 패한다면 키메토는 그가 진정한 세계 1위라는 사실을 인정해야만 할 것이다.

그러나 다시 말하지만 키메토는 이번 대회에서만큼은 절대로 태수에게 패하지 않을 자신이 있다.

베를린마라톤대회 때 키메토의 목표는 자신의 2시간 2분 57초 세계기록을 경신하는 것이었지만, 오늘 그의 목표는 무조건 태수에게 이기는 것으로 바뀌었다.

타타탁탁탁탁… 탁탁탁탁…….

태수와 오주한, 킵초게가 내는 발걸음 소리가 발맞춰서 달리는 게 아니라서 요란하다.

킵초게는 태수하고 나란히 달리다가 기회를 봐서 스퍼트를 하는 쪽으로 방법을 바꾼 것 같다.

처음에 키메토와 킵초게는 이번 대회에서 태수가 무슨 작전을 전개하려는지 그림자처럼 바짝 뒤따르면서 예민하게 지켜봤었다.

키메토와 킵초게는 태수를 줄곧 뒤따르던 게 아니라 그의 작전이 뭔지 알아내려는 것이었다.

그러다가 태수가 계속 km당 2분 58초의 속도를 유지하면서 이븐 페이스로만 가는 것을 보고는 그의 작전이 이븐 페이스라는 걸 알아차리고 스퍼트를 했었다.

그렇지만 키메토와 킵초게는 낭패를 당했다. 베를린마라톤대회에서의 누적된 피로가 쏟아져 나온 것이다.

'마의 벽'이라는 것은 무슨 악마의 전설처럼 하늘에서 뚝 떨어지는 것이 아니라 선수들 스스로 만들어내는 피로의 산물이다.

마라톤에서 30㎞ 이상을 달리게 되면 당연히 뼈와 근육, 내장에 피로물질과 젖산이 쌓이게 되고, 달리기의 필수 요소인 글리코겐이 고갈되는데 그런 것들이 누적돼서 소위 마의 벽이라는 것이 도래하는 것이다.

그러니까 훈련을 잘하고 테이퍼링과 음식 섭취를 원활하게 한 후에 편안하게 달린다면 30㎞ 지점 이후에 찾아오는 마의 벽이 조금쯤은 순탄할 것이다.

그런데 키메토와 킵초게는 베를린마라톤대회에서의 피로가 채 풀리지도 않은 상태에서 오버 페이스를 했기 때문에 마의 벽이 더 일찍 찾아왔다.

그러나 마의 벽이 한 번 엄습했다고 해서 끝난 게 아니다. 키메토와 킵초게가 이번 대회를 달리면서 만들어낸 피로가 계속 쌓이고 있는 중이고, 베를린마라톤대회에서의 피로도 밑바탕에 깔려 있어서 언제 이빨을 드러낼지 모른다.

20㎞ 지점. 시카고 시내 직선주로 루프(Loop)지역으로 들어섰다.

비로소 선두그룹의 모습이 제대로 태수의 시야에 들어왔다.

60m로 멀어진 키메토 앞쪽 100m에 한 선수가 달리고 있는

데 선두가 아니다.

그 선수 앞에 선도차가 없다. 그가 키트와라인지 춤바인지는 모르겠다.

하지만 그 선수 전방 200m 거리에 한 선수가 달리고 있으며 그 앞에 선도차가 아스라이 보였다.

다시 정리하면 태수에게서 360m 전방에 키트와라인지 춤바인지 모를 선두가 달리고 있으며, 그 뒤 200m에 2위가, 그리고 그 뒤 100m에서 달리고 있는 키메토가 3위이며, 거기서 60m 뒤의 태수 등이 4위다.

태수 앞쪽 10m에 여전히 니시무라 신지가 헐떡거리면서 달리고 있지만 애당초 열외인 존재다.

20㎞까지 59분 35초. 얼른 계산을 해보니까 ㎞당 2분 59초의 속도다.

㎞당 2분 59초의 속도로 피니시라인까지 가면 2시간 5분 32초에서 2시간 6분 14초까지 골인할 수 있다.

태수의 목표 골인시간은 2시간 4분대다. 2㎞ 남겨두고 최후의 스퍼트를 한다는 작전이다.

그렇지만 2시간 6분대로 넘어가면 스퍼트를 한다고 해도 4분대에 골인하는 건 어렵다.

신경을 쓰느라고 썼는데 넋 놓고 달리다 보니까 ㎞당 2분 59초까지 속도가 떨어졌다.

오주한은 무슨 생각인지 태수 오른쪽에 딱 붙어서 요지부동 태수하고 일체가 된 것 같다.

사실 오주한이 무슨 생각을 하고 있는지 짐작하지 못하는 건 아니다.

마라톤을 뛰는 엘리트 선수들은 한결같이 우승을 목표로 하고 있다.

같이 뛰는 선수 중에서 친구란 없다. 한솥밥을 먹는 동료라고 해도 일단 출발 총소리가 울리고 주로를 달리기 시작하면 모든 정신은 우승을 하기 위해서 풀가동된다.

오주한은 코치진에게 작전을 받았는지 아니면 제 스스로의 생각인지 태수를 페메로 삼는 것 같다. 태수하고 끝까지 같이 가다가 마지막 순간에 스퍼트를 하면 최소한 태수 바로 뒤에는 골인할 수 있다.

그러다가 운이 좋으면 월드챔피언을 이기는 기적 같은 일도 일어날 수가 있다.

오주한을 나무랄 수는 없다. 뛰고 있는 모든 선수에겐 각자의 사연과 목표가 있는 법이다.

오주한으로서는 자신을 받아준 대한민국에 큰 선물을 안겨주고 싶을 것이다. 그러므로 시카고마라톤대회는 그에게 매우 중요하다.

타타탁탁탁탁탁탁······.

태수는 잃어버린 시간을 벌기 위해서 조금 속도를 높였다. 지금부터 ㎞당 2분 56초로 갈 생각이다.

시내 서쪽의 Greektown. 21.0975㎞ 하프 지점이다. 여기까지 1시간 1분 58초가 걸렸다.

그런데 뜻밖에도 킵초게는 태수의 ㎞당 2분 56초의 속도를 따라오지 못하고 뒤로 처졌다.

한 번 오버 페이스를 했던 것이 끝까지 킵초게의 발목을 붙잡았다.

뿐만 아니라 케냐의 샤벳과 에티오피아의 트세가이도 뒤로 밀려났다.

샤벳과 트세가이는 태수를 따라오지 못해서가 아니라 무리를 하지 않으려는 것이다.

그들은 태수가 세계 랭킹 1위라는 사실을 잘 알고 있으므로 태수와 자신들의 배기량이 다르다는 사실을 인정했다.

태수 오른쪽에는 오주한, 그리고 뒤쪽 3m에서 렐리사 데시사가 부지런히 따라오고 있다.

탁탁탁탁탁…….

"하악! 하아악! 학! 학학학……."

하프까지도 니시무라 신지는 줄기차게 태수를 뒤돌아보면서 10m 앞에서 달리고 있다.

보통 사람들이라면 니시무라 신지가 신경 쓰이고 귀찮을 텐데도 태수는 아무렇지도 않다. 그의 천성이 낙천적인 성격이라서 그런가 보다.

태수의 발걸음은 경쾌하다 못해서 미끄러지는 듯했다.

두 다리가 아니라 허리로 달리는 100%의 체간 달리기, 미드풋주법에 발바닥이 바닥에 닿기도 전에 뒤로 당기려고 하는 빠른 발놀림의 플랫주법, 거기에 동양 선수들은 거의 사용하지 않는 발뒤꿈치로 엉덩이를 차는 스프링주법까지 더해진 것이 윈마주법이다.

윈마주법은 브레이크가 전혀 걸리지 않으면서도 가속력에 가속력이 점점 더해지는 태수가 개발한 그만의 독창적인 주법이다.

옆에서 달리는 오주한과 뒤따르는 데시사는 자주 태수의 달리는 주법을 힐끗거렸다.

태수가 그 주법으로 매우 편안하게 달리고 또 스트라이드가 아주 넓으면서도 전혀 브레이크가 걸리지 않는다는 사실은 눈으로 봐서 알겠지만 도대체 어떻게 해서 그렇게 달릴 수 있는지에 대해서는 아무리 봐도 알 수가 없다.

태수는 베를린마라톤대회에서 윈마주법의 진가를 톡톡히 발휘했으며, 그 대회를 뛰면서 윈마주법을 좀 더 능숙하고 확실하게 몸에 익혔다.

모르긴 해도 현재 세계의 마라톤 전문가들은 태수의 이름도 모르는 희한한 주법에 대해서 면밀하게 분석, 해부하고 있을 게 분명하다.

탁탁탁타타타탁탁……

"으헉헉… 학학학학… 크헉……."

줄곧 10m 앞을 유지하던 니시무라 신지가 이제는 5m 앞에서 앞으로 고꾸라질 것처럼 불안전하게 달리면서 호흡 소리는 거센 겨울바람에 떠는 문풍지 소리처럼 거칠어졌다.

쿠다닥! 퍽!

"우왁!"

결국 니시무라 신지는 다리가 꼬여서 앞으로 다이빙하듯이 고꾸라지며 비명을 질렀다.

5m 뒤에서 따라오던 태수 등은 엎어진 니시무라 신지를 피하느라 황급히 방향을 틀다가 서로 부딪쳤다.

"커억! 컥! 컥! 우웩!"

엎어진 니시무라 신지가 마구 구토를 하는 걸 힐끗 보고는 태수 등은 계속 달려 나갔다.

나중에 알게 된 사실이지만 니시무라 신지는 넘어지면서 무릎을 심하게 다쳐서 앰뷸런스에 실려 갔다고 한다.

탁탁탁탁탁탁탁⋯⋯.

"후우우⋯ 하아아⋯ 후우우⋯ 하아아⋯⋯."

태수는 아까보다 호흡이 조금 거칠어지고 다리가 무거워지는 것을 느끼고 있다.

시내 West Loop, 25㎞ 지점. 1시간 13분 55초, ㎞당 2분 57초의 속도다.

"학학학학학⋯⋯."

오주한은 거친 숨을 몰아쉬면서도 오른쪽에 잘 붙어 있다. 호흡이 거칠기는 하지만 들숨과 날숨이 규칙적인 걸로 봐서는 아직 안정적이라고 할 수 있다.

렐리사 데시사는 70m쯤 뒤처져서 따라오고 있다. 태수가 이 속도로 계속 달리면 2시간 4분대에 골인하는데 9분대 기록인 데시사로서는 힘에 부칠 수밖에 없다.

오주한은 최고기록이 2시간 5분이지만 혼자서는 이런 속도로, 그리고 이 시간에 25㎞까지 못 왔을 것이다.

태수하고 같이 달렸기 때문에, 다시 말해 태수가 페메를 해주어서 여기까지 잘 달려올 수 있었다.

아까 20㎞에서 스퍼트했을 때 키메토가 태수하고 60m 거리였는데 지금은 20m로 가까워졌다.

태수가 스퍼트한 이후에 키메토가 몇 번이나 뒤돌아봤으니까 태수가 가까워지고 있다는 사실을 알면서도 그는 더 이상 속도를 내지 못했다.

그게 키메토의 한계이기 때문이다. 태수를 비롯한 정상급 선수들은 최후의 여력은 남겨두고 달리는데 키메토는 그마저도 없는 모양이다.

만약 키메토에게 그런 여력이 있었으면 태수가 가까워지는 것을 용납하지 않았을 것이다.

키메토는 마라톤에 데뷔한 지 3년밖에 되지 않는 신인에 가까운 선수다.

하지만 2013년 시카고마라톤에서 2시간 3분 45초로 세계기록을 위협하는 기록을 작성했었다.

키메토는 케냐의 농부 출신이라서 컴퓨터 같은 걸 모르는데도 컴퓨터처럼 정확한 이븐 페이스 주법으로 유명해졌다.

재작년 시카고마라톤에서 그가 뛴 구간기록을 보면 그가 얼마나 정교한 마라톤을 했는지 잘 알 수 있다.

5㎞ 14분 46초.

10㎞ 14분 37초.

15㎞ 14분 39초.

20㎞ 14분 37초.

하프 통과 1시간 1분 52초.

25㎞ 14분 39초.

30㎞ 14분 45초.

35km 14분 35초.

40km 14분 39초.

2.195km 6분 27초.

총 2시간 3분 45초.

5km 구간 기록의 편차가 마치 1km당 페이스의 편차하고 흡사할 정도로 정확하다.

그런 키메토가 지금 고전을 하고 있는 것이다. 순전히 초반에 오버 페이스를 했기 때문이다.

키메토는 조금 전까지의 자신감이 빠르게 사라지면서 어쩌면 이번 대회에서 태수에게 또 패할지 모른다는 두려움이 엄습했다.

탁탁탁탁탁탁탁······.

"헉헉헉헉헉······."

태수는 25km 지점에서 조금 호흡이 거칠어지고 다리가 무거워지기 시작했으나 지금은 좋아졌다.

탁탁탁탁탁탁······.

더구나 키메토를 추월할 때는 기분이 몹시 상쾌해서 이대로 2위와 선두까지도 단숨에 추월할 수 있다는 자신감이 온몸에 넘쳤다.

25km까지 1시간 13분 29초가 걸렸으니까 km당 2분 56초의

속도다.

이 속도를 유지해서 달리면 잘하면 태수가 세운 2시간 2분 45초를 또다시 경신할 수도 있을 것만 같았다.

'해보자. 까짓것.'

타타타탓—

발 앞부분에 힘을 주면서 프론트풋 착지로 몇 걸음 달려 나가다가 태수는 문득 오른쪽에 오주한이 보이지 않는다는 사실을 깨달았다.

힐끗 뒤돌아보니까 방금 추월한 키메토가 보였고 그 뒤쪽에 오주한이 달려오고 있는 모습도 보였다. 태수와 오주한의 거리는 25m 정도다.

태수는 자기를 쳐다보고 있는 오주한의 얼굴이 냉정한 것을 발견하고 퍼뜩 뇌리를 스치는 게 있다.

"······!"

지금까지 줄곧 그림자처럼 옆에서 따라오던 오주한이 따라오는 것을 그만두었을 때는 그만한 이유가 있다. 태수에게서 이상 징후를 발견한 것이다.

태수는 갑자기 온몸의 힘이 쭉 빠졌다.

'이런 빌어먹을······.'

그는 악마 같은 러너스 하이에 빠져 있었던 것이다.

좋은 컨디션 상태일 때에도 러너스 하이에 빠졌다가 깨어

나면 파김치가 되는 판국에 태수의 몸에는 베를린마라톤대회의 누적된 피로가 앙금으로 깔려 있으니, 만약 러너스 하이가 끝나면 그 자리에 퍼질러 앉을지도 모른다. 아니, 필경 그렇게 되고 말 것이다.

태수는 온몸과 정신이 날아갈 듯이 상쾌한 중에 갈등을 했다. 지금 속도를 줄여야 하느냐 아니면 이대로 계속 치고 나가느냐의 갈등이다.

자신이 러너스 하이에 빠졌다는 사실을 깨달았으면서도 갈등을 하다니 웃기는 일이다.

태수처럼 강인한 정신력의 소유자도 갈등을 할 만큼 러너스 하이는 무서운 것이다.

그것은 마치 술이 만취되어 몸을 움직이지 못하는 상황에서도 나는 아직 끄떡없다면서 계속 술을 마시려고 하는 것이나 다름이 없다.

3위 키메토를 추월했고 태수 전방 50m 거리에서 춤바가 달리고 있는 뒷모습이 보였다. 키트와라는 키가 크지만 춤바는 작달막하면서 다리가 길다.

태수는 지금 마음만 먹으면 1분 안에 춤바를 잡고 2위로 올라설 수 있다고 확신했다.

그리고 러너스 하이가 끝나기 전에 그 앞의 120m 거리의 키트와라까지 잡은 다음에 러너스 하이가 끝나면 어떻게든지

버티면서 피니시라인까지 가면 되지 않겠느냐는 유혹이 그를 괴롭혔다.

탁탁탁탁탁탁탁—

"헉헉헉헉헉헉……."

그때 태수는 등 뒤에서 급박한 발걸음 소리와 숨소리를 듣고 가볍게 놀라 급히 뒤돌아보았다.

맙소사! 킵초게가 꼬랑지까지 따라붙어서 저돌적으로 달려오고 있는데 그뿐만이 아니다.

킵초게 뒤 10m에는 렐리사 데시사까지도 대시하고 있다. 이게 갑자기 무슨 일인지 모르겠다.

그런데 잠깐 돌아본 태수는 킵초게가 입가에 미소를 머금고 있는 것을 발견했다.

만신창이가 된 상태에서 일그러진 표정을 지어도 모자랄 판국에 미소라니, 순간 태수의 뇌리를 번쩍 스치는 게 있다.

'러너스 하이!'

다시 한 번 뒤돌아보았다. 이번에는 재빨리 킵초게와 데시사를 번갈아서 봤다.

데시사도 얼굴 가득 희열이 떠올라서 저돌적으로 달려오고 있다. 둘 다 러너스 하이가 분명했다.

그 순간 태수는 반사적으로 속도를 줄였다. 반면교사(反面教師)다. 타인의 옳지 않은 행동을 보고서 나는 그렇게 하지 말아야 하는 가르침이다.

강인한 정신력을 지닌 태수는 자신이 러너스 하이에 빠졌다는 사실을 깨달았으면서도 러너스 하이의 유혹이 너무 강해서 헤어나지 못했는데 킵초게와 데시사의 러너스 하이를 보고는 그 즉시 현실로 돌아왔다.

타탁탁탁탁탁······.

"핫핫핫핫핫······."

킵초게에 이어서 데시사까지 빠른 속도로 태수를 추월했다.

그들이 추월할 때 태수가 쳐다보니까 두 사람의 얼굴에는 득의한 표정이 가득 떠올라 있었다.

'어떠냐? 한판 붙어보자!'라는 기고만장함이 태수에게까지 전해졌다.

태수는 갑자기 머리 꼭대기에서 차가운 얼음물이 끼얹어지는 것처럼 소름이 좍 끼쳤다. 러너스 하이란 마의 벽 이상으로 악마 같은 존재다.

러너스 하이는 길어야 5분을 넘기지 못한다. 그때가 돼서 킵초게와 데시사가 어떤 상황에 처하게 될지 또 하마터면 자신이 그런 처지가 될 뻔했다는 사실에 태수는 모골이 송연해졌다.

탁탁탁탁탁탁······.

태수는 온몸이 날아갈 듯이 가벼운데도 속도를 뚝 떨어뜨려서 km당 3분 5초로 만들었다. 원래의 2분 58초로 달려야 하는데 과민반응을 보였다.

속도를 떨어뜨렸으니까 이제 곧 키메토가 태수를 추월할 것이다.

그러나 머지않아서 키메토도 러너스 하이가 찾아올 테고 그러면 게임 오버다.

이대로만 가면 태수 앞에는 키트와라하고 춤바만 남는다. 솔직히 지금 상황에서 태수는 키트와라와 춤바를 따라잡을 자신이 없다.

새미 키트와라는 작년 이 대회에서 2시간 4분 27초로 2위를 했었고, 딕슨 춤바는 2시간 4분 32초 2위와 5초 차이로 3위를 했었다.

작년 대회의 우승자는 현재 러너스 하이에 빠져 있는 킵초게이며 그때 기록은 2시간 4분 11초였다.

타탁탁탁탁탁······.

그때 태수 오른쪽 뒤에서 빠른 발걸음 소리가 다시 들렸다.

태수가 돌아보려고 하는데 한 명의 흑인이 이미 오른쪽으로 빠르게 스쳐 지나고 있다.

'오주한!'

흑인 선수의 뒷모습을 보고 태수는 깜짝 놀랐다. 오주한이 분명하다.

그런데 현재 27㎞ 지점인데 벌써 스퍼트를 시작했다는 게 이상했다.

탁탁탁탁탁…….

태수는 오주한의 폭주를 그냥 지나치지 못하고 속도를 내서 따라갔다.

태수가 왼쪽에서 나란히 달리니까 오주한이 그를 처다보는데 얼굴 가득 떠오른 것은 희열이 분명하다. 오주한은 러너스 하이에 빠졌다.

"오주한!"

태수가 부르자 오주한은 히죽 웃으면서 아무 말 없이 더욱 속도를 냈다.

"오주한! 러너스 하이야!"

태수는 오주한의 등에 대고 외쳤다. 오주한이 알아들을지 어떨지 모르지만 그렇게 해야만 했다.

태수가 봤을 때 오주한의 속도는 ㎞당 2분 50초 이상이다. 오히려 킵초게나 데시사보다도 빠르다.

오버 페이스에도 강도(强度)가 있다. 빨리 달리면 달릴수록 러너스 하이가 끝났을 때 오는 여파가 더 크다. 해저지진은 무섭지 않은데 그것이 몰고 오는 쓰나미가 공포스러운 것과 같은 이치다.

태수가 외쳤는데도 오주한은 돌아보지도 않고 빠르게 멀어져갔다.

하긴, 태수도 러너스 하이에 빠졌다가 그 고생을 했었는데 오주한이 태수의 한마디에 정신을 차리겠는가.

그렇다고 해서 태수는 오주한을 쫓아가서까지 일깨워 줄 수는 없다.

그런다고 해서 오주한이 정신을 차리고 평정을 되찾으면 다행이지만 그러지 않을 확률이 더 크다.

지금 태수가 오주한을 걱정하는 것은 오지랖이다. 제 앞가림이나 잘해야 한다.

아직도 태수는 러너스 하이에 빠져 있는 상황이다. 그러니 어떻게든 현명하게 대처해야만 한다.

태수는 러너스 하이가 끝나고 나서 심한 무력증에 시달려야만 했다.

탁탁탁탁탁······.

조금 전 러너스 하이 상황에서 속도를 ㎞당 3분 5초로 떨어뜨렸으나 러너스 하이가 끝난 지금은 3분 10초 이하로 더 떨어진 것 같았다.

태수는 그래도 조급해하지 않고 그 속도로 꾸준히 달렸다.

신기루 같은 러너스 하이가 별 탈 없이 무사히 끝났다는 사실만으로도 기뻤다.

지금이 28.7㎞ 지점이고 전방 좌회전까지 50m가 남았는데 태수 앞에는 한 명도 보이지 않았다.

선두 키트와라와 2위 춤바가 안 보이는 것은 당연하고, 아까 태수를 추월했던 킵초게와 데시사, 오주한마저도 보이지 않았다.

태수는 불현듯 어쩌면 그들이 러너스 하이가 아니었을지도 모른다는 생각이 들었다.

태수 혼자서 러너스 하이였다가 간신히 빠져나왔고 다른 사람들은 다 정상이었다면?

그게 다 착각이었을까? 정말로 그렇다면 이번 대회는 끝장이다. 다 망쳤다.

그렇지만 절망에 빠질 뻔했던 태수는 좌회전 모퉁이를 돌고 나서 전방을 보고는 안도의 한숨을 내쉬었다.

킵초게와 데시사, 그리고 오주한까지 멀리 가지 못했다. 60m 전방에서 3명이 엎치락뒤치락하고 있는 중이다.

방금 전에 태수가 염려했던 것 같은 상황이 실제로 벌어졌다면 저들 3명은 최소한 100m 이상 멀어졌어야 했다.

태수의 예상은 적중했고 3명은 러너스 하이가 끝나서 허우적거리고 있는 게 분명하다.

30㎞가 가까워지고 있다.

조금 전에 'little Italy'를 지났고 'Pilsen'에 들어서면 30㎞ 급수대가 있다.

태수는 시카고마라톤 코스를 답사하면서 세심하게 코스 곳곳을 머릿속에 입력시켰었다.

현재 1시간 29분 12초, 평균속도 ㎞당 2분 58초. 처음 작전대로 환원했다.

앞으로 남은 거리 12.195㎞를 35분 안에 뛰어야지만 2시간 4분대로 골인할 수 있다.

만약 최후의 스퍼트를 할 여력이 남아 있다면 30초 정도를 줄여서 2시간 3분 안에 간신히 들어갈 수 있을지도 모른다.

그러나 남은 거리 12㎞를 35분, 즉 ㎞당 평균 2분 56초로 달려야 한다는 사실이 코앞에 당면한 문제다.

'아니다. 아직은 참자.'

탁탁탁탁탁탁…….

"헉헉헉헉헉……."

조금씩 숨이 가빠지고 다리가 무거워지는 것이 느껴진다.

그러면서 그는 아직 마의 벽이 남아 있다는 사실을 새삼 인지했다.

그때 태수는 새로운 사실 하나를 깨달았다. 마의 벽이란 갑자기 엄습하는 것이 아니라 지금처럼 어떤 전조가 있다는 사실이다.

조금씩 몸이 무거워지고 호흡이 가빠지다가 어느 한순간 둑이 무너지듯이 확 온몸을 덮치는 것이 바로 마의 벽이다.

31㎞ 지점에서 태수는 마침내 킵초게와 데시사를 추월했고, 잠시 후에 오주한을 따라잡았다.

28㎞에서 이들 3명과 태수와의 거리가 60m였는데 그걸 따라잡는 데 거의 2㎞ 5분 40초나 걸렸다. 이건 한번 추월당하면 다시 만회하는 것이 극도로 힘들다는 사실을 보여주는 것이다.

러너스 하이가 끝난 오주한은 자기를 추월하고 있는 태수를 일그러진 얼굴로 쳐다보며 도움의 눈길을 보냈지만 태수로서는 해줄 수 있는 일이 없다.

30㎞ 급수대에 민영과 심윤복 감독의 모습이 보이지 않았다. 사전 계획은 지하철을 타고 급수대에 먼저 도착한다는 것이고, 시카고마라톤대회 주최 측에서는 거기에 대한 배려를 잘 해둔 것으로 아는데 두 사람이 아직 도착하지 않았다는 것은 조금 염려되는 일이다.

자세히 보니까 Pilsen거리는 2차선이고 지하철이 없다. 그래서 급수대를 찾아오는 데 시간이 걸리는 모양이다.

태수는 급수대에서 음료수와 생수병을 낚아채고는 계속 달려갔다.

타탁탁탁탁탁……

"허억… 허억… 허억……."

태수는 37km에서 마의 벽이 엄습한 것을 알아차렸다.

그냥 마의 벽이 아니라 베를린마라톤대회의 누적된 피로와 이번 대회의 피로가 둘 다 한꺼번에 들이닥친 말 그대로 쌍마 벽이다.

37km까지 걸린 시간은 1시간 49분 43초. km당 평균 2분 58초의 속도였다.

어찌 됐든 37km까지 태수는 평균속도 km당 분당 2분 58초를 고수했다.

온몸이 뼈는 뼈대로 살은 살대로 해체되어 무너져 내리는 것 같은 고통이다.

아스팔트를 내딛는 발에 100kg짜리 쇠뭉치를 단 것 같고 한 걸음 내디딜 때마다 허리가 삐끗거리면서 뒤틀리기도 하고 무릎이 꺾이고 상체가 연체동물처럼 흐느적거린다.

"으헉헉… 헉헉헉… 헉헉헉……."

그러면서도 태수를 지탱하고 있는 한 가지 생각은 원마주 법에 대한 믿음이다.

베를린마라톤대회 때 그는 최악의 마의 벽에 빠진 상황에 서도 원마주법이 평균속도를 내고 있다는 믿기 어려운 사실을 발견했었다.

아무것도 바라는 것 없이 그저 이대로 네 활개 치고 벌렁 누워서 그냥 쉬고 싶은 절망적인 상황에서 태수를 지켜주는 것은 바로 그 원마주법이다.

태수 전방 15m에는 춤바가 달리고 있다. 굳건하게 달리는 것 같지만 태수의 눈에는 춤바가 ㎞당 2분 59~3분의 속도로 달리는 것이 훤하게 보였다.

왜냐하면 태수와 춤바의 거리가 조금씩 가까워지고 있기 때문이다.

마의 벽 상황에 빠진 태수는 지금 자기가 어느 정도 속도로 달리고 있는지 모르지만 대충 감으로 ㎞당 2분 56초의 속도라고 생각했다.

춤바 전방 100m에는 키트와라가 달리고 있다. 춤바까지는 잡을 수 있겠는데 키트와라는 어렵겠다.

"……!"

바로 그때 태수는 하나의 검은 물체가 오른쪽 뒤에서 느릿하게 나오는 것을 발견하고 급히 쳐다보았다.

키메토다. 그가 마치 검은색 기관차처럼 묵직하게 옆에 따라붙더니 앞으로 치고 나갔다.

그 순간 태수는 2가지 사실을 깨달았다. 태수 자신이 마의 벽에 빠졌을 때에도 무의식 원마주법으로 평균속도를 유지하는 것처럼, 키메토를 비롯한 아프리카계 선수들도 그와 비슷한 경험을 한다는 사실이다.

그리고 또 한 가지 사실은, 이제부터는 태수가 키메토를 페메로 삼아야겠다는 것이다.

태수의 몸뚱이는 분해되기 일보 직전이지만 아직 정신력이 살아 있다.

그가 아직도 믿고 있는 것은 자신의 정신력이다. 정신이 하려고 결단을 내리면 몸은 따라줄 수밖에 없다. 그러므로 그는 정신만 단단히 붙잡고 있으면 된다.

태수는 마의 벽을 벗어났다.

아니, 사실 마의 벽을 벗어났는지 어쨌는지 정확하게 모른다. 다만 마의 벽이 너무 길어지다 보니까 거기에 익숙해져서 고통이 반감된 듯했다. 그래서 마의 벽을 벗어난 것 같다는 기분이 들었다.

태수와 키메토는 나란히 달리면서 이미 춤바를 추월했으며 두 사람 전방 60m에서는 선두 키트와라가 달리고 있다.

탁탁탁탁탁탁—

"헉헉헉헉헉헉……."

"하악… 하악… 하악… 하악……."

현재 40km, Prairie District. 1시간 57분 53초, km당 평균 2분 57초의 속도.

앞으로 남은 거리는 2.195km.

태수와 키메토 둘 다 60m 전방에서 달리고 있는 키트와라를 잡는 건 문제가 없다는 사실에 동감하고 있다.

두 사람은 서로를 유일한, 그리고 최후의 경쟁자라고 생각하고 있다.

놀랍게도 두 사람이 달리고 있는 현재 속도는 km당 2분 54초. 더 놀라운 것은 속도가 조금씩 더 빨라지고 있다는 사실이다.

키트와라는 불안한 표정으로 거의 2~3초에 한 번씩 뒤돌아보면서 거의 고꾸라질 듯이 달리고 있다. 표정과 행동에서 그는 이미 3위 같은 모습을 보이고 있다.

강자는 강자를 알아본다. 태수는 키메토를, 키메토는 더 이상 태수를 무명의 하룻강아지라고 생각하지 않았다.

타타타타탁탁탁탁⋯⋯.

"학학학학학⋯⋯."

41km 지점에서 태수와 키메토는 키트와라를 추월했지만 신경도 쓰지 않았다.

마지막 1.0975km를 남겨둔 상황에서 키트와라는 km당 2분 56초의 놀라운 스피드를 내고 있었다.

하지만 태수와 키메토는 똑같이 km당 2분 50초의 제트기 같은 속도로 내달리고 있다.

두 사람은 South Loop로 들어섰다. 이제 30m만 더 가면 크고 완만하게 좌회전을 하고 거기서부터 피니시라인 그랜드 파크까지 600m는 드넓은 대로 직선주로다.

타탁탁탁탁탁탁……

"하악하악하악하악하악……"

태수와 키메토가 달리는 발걸음 소리가 마치 한 사람이 달리는 것 같다.

태수에겐 마지막 여력 같은 게 남아 있지 않았다. 그건 키메토도 마찬가지일 것이다. 두 사람은 최후의 여력 다음의 것, 뼛속의 골수의 힘이나 젖 먹던 힘이나 뭐 그런 것을 쥐어짜내고 있다.

태수는 발걸음 소리가 하나라는 것은 자신과 키메토의 스트라이드가 같고 피치도 같기 때문이라고 생각했다.

와아아아——

대로 양쪽의 시민들이 우레 같은 함성과 박수를 보내고 있다.

'피치를 더 빨리해야 한다.'

스트라이드와 피치가 똑같다면 여기에서 이기려면 둘 중 하나가 조금이라도 월등해야 한다는 생각이 들었다.

즉, 스트라이드가 조금 더 넓거나 아니면 피치가 빨라야 한다. 그래야지만 한 걸음이라도 더 빨리 결승 테이프를 끊을 수가 있을 것이다.

태수는 지금 자신의 스트라이드가 얼마나 되는지는 모르지만 하지장이 자신보다 조금 더 긴 키메토보다 더 긴 스트라이드를 점프할 자신이 없다.

그렇다면 방법은 하나뿐이다. 피치를 빠르게 하는 것뿐이다.

'플랫! 플랫! 플랫!'

태수는 속으로 부르짖었다. 발바닥이 아스팔트에 닿기 전에 재빨리 발을 뒤로 당기는 것이 플랫주법인데, 지금 태수는 발바닥이 아스팔트에 닿기 전이 아니라 발을 앞으로 내뻗자마자 당기는 방법을 쓰고 있다.

피니시라인까지 이제 200m가 남았다. 태수의 눈에 결승 테이프 너머 민영과 심윤복 감독 등 그리운 사람들이 얼굴들이 보였다.

42.195㎞를 2시간 남짓 달려온 것뿐인데 마치 몇 년 동안 절해고도 무인도에서 생활하다가 집으로 돌아오는 것 같은 기분이다.

타탁탁… 타타탁… 탁탁탁타타…….

지금가지 발걸음 소리가 똑같았는데 차음 엇박자 소리가 들리기 시작했다.

금방이라도 쓰러질 것 같은 표정의 키메토는 헐떡거리면서 앞을 쳐다보았다.

그가 쳐다보고 있는 앞쪽에는 태수가 아주 느릿하게 키메토를 앞서 나가고 있었다.

키메토는 어이없는 얼굴로 조금씩 멀어지고 있는 태수의 뒷모습을 바라보았다.

멀어진다고 해봐야 5~6m에 불과하지만 키메토에겐 대륙과 대륙 사이처럼 멀게 느껴졌다.

탁탁탁탁탁탁탁탁—

"핫핫핫핫핫핫핫……."

태수는 결승 테이프를 끊기 전에 아치 위의 전자시계를 올려다보았다.

2시간 3분 22초.

파아아—

가슴으로 결승 테이프를 끊으며 피니시라인을 넘는 순간 태수는 가슴이 터질 것 같은 행복을 맛보았다.

'이래서 마라톤을 하는구나…….'

『바람의 마스터』 5권에 계속…

초대형 24시 만화방

신간 100%, 샤워실, 흡연실, 수면실(침대석), 커플석, 세탁기 완비

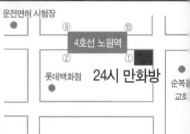

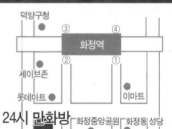
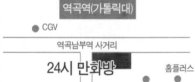
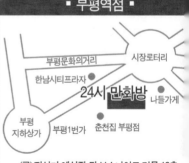

만상조 新무협 판타지 소설

FANTASTIC ORIENTAL HEROES

광풍제월

천하제일이란 이름은 불변(不變)하지 않는다!

『광풍제월』

시천마(始天魔) 혁무원(赫撫源)에 의한 천마일통(天魔一統)!
그의 무시무시한 무공 앞에 구대문파는 멸문했고,
무림은 일통되었다.

"그는 너무나도 강했지.
그래서 우리는 패배했고, 이곳에 갇혔다."

천하제일이란 그림자에 가려져 있던 수많은 이인자들.

"만약……."
"이인자들의 무공을 한데로 모은다면 어떨까?"
"시천마, 그놈을 엿 먹일 수도 있을 거야."

이들의 뜻을 이어받은 소년, 소하.
그의 무림 진출기가 시작된다.

Book Publishing CHUNGEORAM

유행이 아닌 자유추구 -
WWW.chungeoram.com

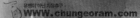

이경영 판타지 장편소설

FANTASY FRONTIER SPIRIT

그라니트
용들의 땅
GRANITE

사고로 위장된 사건에 의해 동료를 모두 잃고 서로를 만나게 된 '치프'와 '데스디아'.
사건의 이면에 상식을 벗어난 음모가 있음을 알게 된 둘은
동료들의 죽음을 가슴에 새긴 채 각자의 고향으로 돌아간다.
2년 후, 뜻하지 않게 다시 만난 두 사람은 동료들의 복수를 위해
개척용역회사 '그라니트 용역'을 설립해 다시금 그 땅을 찾게 되는데……

용들이 지배하는 땅 그라니트!
그곳에서 펼쳐지는 고대로부터 이어지는 운명적 만남,
깊어지는 오해, 그리고 채워지는 상처.

『가즈 나이트』시리즈 이경영 작가의 미래형 판타지 신작!

Book Publishing CHUNGEORAM

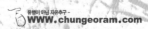

유행이 아닌 자유추구 -
WWW.chungeoram.com

FUSION FANTASTIC STORY

인기영 장편소설

리턴 레이드 헌터

Return Raid Hunter

하늘에 출현한 거대한 여인의 형상……
그것은 멸망의 전조였다.

『리턴 레이드 헌터』

창공을 메운 초거대 외계인들과
세상의 초인들이 격돌하는 그 순간.
인류의 패배와 함께 11년 전으로 회귀한 전율!

과연 그는, 세계의 멸망을 막을 수 있을 것인가.

세계 멸망을 향한 카운트다운 속에서 피어나는
그의 전율스러운 이야기!

Book Publishing CHUNGEORAM

유행이 아닌 자유추구 -
WWW.chungeoram.com